還陽

衛斯理著

自序

一看到「還陽」這個書名，老讀者一定會想到——陰間系列的延續。

不對！不屬於陰間系列，是一個全新的故事。

故事中，隱約表達了權力破壞了一項偉大科學研究的成就，不知大家本來是不是看得出來？

看不出，其實一點也不要緊——故事不好看，這才糟糕。

倪匡

一九九二年八月十六日

香港，自三天前開始的

大震撼在延續

目錄

（一）一幢珍貴無匹的木結構建築物

這個故事的開頭，並不驚險刺激，但對宋自然來說，卻極驚心動魄，宋自然在一個偶然的機緣下，認識了黃芳子。

宋自然是一個年輕有為的建築師，所謂「專業人士」。而黃芳子則是一家中學的音樂教員。

兩個人的身分很普通，他們相識的地方，是一座有三四十萬居民的小城市，市民的生活也很平淡。缺少具刺激性的事情，當然是由於當地人不識貨，不知道城中有一樣稀世奇珍。

如果真要找點古怪之處，那就只有說，黃芳子和她現在母親的關係，有點不尋常，也可以誇張地說成很是錯綜複雜。

請注意「現在母親的關係」這樣的用語，母親有什麼現在過去未來之分？而那樣的說法，卻又的確可以成立——是不是有點古怪了？

黃芳子的父親是一個很神秘的人，一直到他死，也沒有人知道他究竟是什麼身分，在這個充滿神秘的國度中，也十分少見，說來話長，但是不打算拿來作為這個故事的開始，還是放在後面說吧。

這個故事，還是以宋自然認識黃芳子開始。

宋自然並不在這個城市居住。他之所以會在這裏出現，有兩個原因：一個原因是這個城市正處於大規模發展的開始，有好幾個宏大的建築工程，他參加了其中的一個；第二個原因是，這個城市是一個古城，有許多古老的建築物。而且這個城市的居民，並不限於一國和一族，所以具有各種不同民族風格的建築物，從宏偉的到小巧的都有，可以說是建築物的博覽會。

研究古建築，尤其是木結構的建築物，是宋自然最大的專業嗜好。超過三百年，而保存完好的木結構建築物，在世上並不多。最多的自然是日本，但全被列入一級保護文物，不會允許一個不相干的人去詳細研究，而那個城市中，卻有好幾幢頗為知名的木結構建築物。

那個聘請宋自然的建築公司，本來提出的條件已極好，但還是給宋自然拒絕了，公司方面派人了解過宋自然的好惡之後，作了安排，又提出了新的條件——要聘用一個人才，是很要化些心機的。

新的條件是，宋自然在那個城市工作期間，可以居住在一幢古代的木結構建築物之中，而且可以在不破壞建築物的情形下，作仔細的研究。

最後這一點，可能是建築物主人提出來的——多餘之至，在宋自然的心目之中，整幢建築物的每一處都是無價之寶，愛惜還來不及，怎會去破壞？

而且，現代科技進步，有許多儀器，可以測視鋼鐵的內部，要測視木料的內部，和木料與木料之間銜接的方法，絕不需要笨到把它們拆開來的。

公司方面甚至還帶來了一疊圖片，從各個角度，裏裏外外拍攝那木建築物，供宋自然「參考」。

公司的這一招，立即奏效，宋自然一看照片，就眼珠突出，立刻在聘請合同上簽了字，而且立即啟程。

他在啟程之前，帶了那疊相片來看我。

宋自然和我，曾共同經歷過一段怪異的經歷——他是溫寶裕的舅父，也就是過胖的溫媽媽的弟弟。

那天我恰好在家，他把事情向我略說了一說，我就笑：「恭喜你了，在未來的兩年內，你一定可以極度滿足你的興趣。」

他興奮得滿面通紅：「是啊，你看看這屋子，多麼特別，多麼突出！」

他把照片遞給了我。我對古建築物沒有興趣，也不是內行，更不知道木結構的建築物有什麼特點，為了不掃他的興，我把照片接了過來。

照片放得相當大，第一張就是整幢建築物的鳥瞰，看來是用直升機在空中拍攝的，我就笑：「看來，那公司為了要請你，真不惜工本。」

宋自然神情怡然：「主要的，還是這個角度，可以看清楚十字架式，兩條大樑的結構，這種結構形式，十分罕見，從建築物的內部看來，就像是沒有樑一樣，據我所知，魏晉時代的建築家，喜歡採用這個結構，一些小規模寺院中的無樑殿，就是這樣建成的。

我隨口應了一句：「不會有那麼古老吧？」

宋自然道：「那得看研究的結果——現在的資料是『來歷不明』，我看這其中可以探索的奧秘，一定有許多許多，太多了。」

他在這樣說的時候，甚至不由自主搓着雙手，以表示心中的興奮。

我略留了幾分神，再看那建築物的正面，它的樣子很奇特，說不上是什麼形式，不中不西，也不全是日本化，可是又似乎什麼都有一點。它的四周全是空地，應該是花園，可是看來只是空地，並無花木亭池等裝飾，看來很不調和，大是異相。

宋自然看出了我的感覺，他道：「花園本來是有佈置的，不知道為什麼全取消了，可能是居住者不喜歡花木的緣故。」

我感到很是突兀：「什麼？屋子還有人住？」

宋自然笑：「屋子造來就是給人住的，只要還可以住人，自然有人住。」

我想了一想，才明白自己為什麼一聽得屋子有人住，會有突兀之感。我道：「屋子有幾百年歷史了，現代人的生活方式，大不相同，住在古老的屋子中……總不方便吧！」

宋自然吸了一口氣：「不方便處可以改進、加添，雖然這樣做會破壞建築物，但是總不能叫現代人過幾百年前的生活。」

在這樣說的時候，我也同意，後來才知道事實絕非如他的「想當然」那樣。

有幾張照片，全是屋子內部的情形，房間裏陳設很簡單明潔。

我當時也沒有在意，只是道：「你要去住？小心，古老的屋子中，是有屋妖的。」

宋自然毫不在乎：「最普通的屋妖是狐仙，或許，本來還有花妖，但現在一朵花也沒有，花妖自然也沒有了。」

看完了照片，我沒有什麼意見可以發表，宋自然和我又閒談了一會才告辭，臨走，他道：「把我的行踪告訴小寶——好久沒見他了。」

我答應了他的要求，第二天，他就動程到那城市去了。

那城市正要建造一個新機場，舊機場設備簡陋，航機卸下行李之後，並沒有處理裝置，只是堆在空地上。宋自然找到了自己的行李時，一輛吉普車在他附近停下，車上有人叫他的名字，那是公司派來接他的職員。

那職員道：「宋先生，真對不起，有一個重要的會議正在舉行，希望你立刻參加，會議完了，你再到住所去。你不反對吧？」

宋自然當然不反對，於是，他直接到了公司，會議很是冗長，結束時天早已黑了，晚飯後，宋自然才獨自駕着公司給他的車子，照着地址，到那建築物去。

問了幾次路才到，到達的時候，已是午夜時分了。

那屋子的外觀雖然不倫不類，但是在宋自然看來，卻是人間至美。

別的不說，單是圍住了屋外空地的那一圈欄柵，已叫宋自然看傻了眼，嘆為觀止了。

研究木結構建築物既然是宋自然最大的嗜好，在這之前，他自然接觸過不少木結構建築物，可是這時，他才感到自己算是真正開了眼界。

那一圈欄柵，全是由兩公尺高的木柱圍成的，木柱的直徑是二十公分，在月色之下，每一根木柱，都發出一種異樣的暗紅色，近乎赭色的光芒——金屬若是有光芒，很容易理解，木料竟然也會有光芒發出來，那就透着一重神秘。事實上，木質堅實的木材，若是經過細心的打磨，或是長年累月的人手撫摸，也會在表面上泛出一層光芒。當然，只有最上品的木料才能如此。

而有經驗的人，只要一看那木料發出的是什麼樣的光芒，就可以知道那是什麼木料。

宋自然恰好是這方面的專家，所以，他一看到了那種赭紅色的光澤，他就屏住了呼吸，一時之間，幾乎難以相信自己的眼睛。

他一眼就認出，那是紫棗木。

棗木是上乘的木料，分很多種：黃棗木、灰棗木，這些在棗木中是下級的，但一樣是上乘的木料，用來製造細巧的用具或傢俬，價值已是極高。

再高一檔的紅棗木，已是罕見的好木料了，而紫棗木，在所有的棗木之中，排位最高，一般都用來造高貴的傢具，是富貴人家的恩物。

宋自然曾見過一個富豪的大宅中，書房的地板，是用紫棗木鋪成的，那富豪引以為榮，新舊相識，一到他的大宅，必然被他帶進書房去參觀一番——富豪特備軟鞋，要參觀者在書房門外更換，以免損壞地板。

曾有一次，一個木料專家告訴那富豪，紫棗木極堅硬，不怕踐踏，那富豪的回答是：「我知道，可是我不捨得讓硬鞋踏上去。」

那樣難得罕見的木料，竟然在這裏，成了欄柵。

放眼看去，同樣長短粗細的木柱，少說也有三百根之多，每一根之間的距離大約也是二十公分。每一根木柱，都是那麼挺直，若是已埋了幾百年，那木質之優良，實在叫人感嘆！

真難想像，是如何搜羅到那麼多同樣粗細的紫棗木的——這種紫棗木的另一種用途，宋自然也知道，是用來建造「梅花樁」，那是武學家用來練武用的，可能就是由於紫棗木稀有的緣故，梅花樁這種武術，也快失傳了。

宋自然心跳加劇，他把手放在木柱上，緩緩移動着，手上的感覺，像是在撫摸一段玉，溫潤滑凝，這種木料，也是天地精華之所鍾，而且曾一度有生命，說不定現在，仍然有異化了的生命在內，這才使它那麼誘人。

宋自然深深吸了一口氣，他知道自己這一次，絕不是發現了一座普通的木結構建築物，而是遇上了價值無可估計的瑰寶。

空地外的圍柵尚且如此名貴，屋子的建料和屋內的裝飾，自然可想而知了。

過了好久，宋自然的目光，才從那些棗木柱上，依依不捨地離開，望向那屋子。

他立刻辨認出，屋子的主要建料，全是巨大的檜木——檜木有「百年一尺」的美譽，一百年的檜樹，樹身的直徑，可達一尺，每隔一百年，增加一尺。樹身直徑三尺的，已是珍貴木料，四尺的已是罕見之物，五尺的自然屬於寶物。

而這時，放眼看去，已被埘割成材的木料，絕沒有少於四尺的。

宋自然不由自主，閉上了眼睛一會，在他的眼前，浮現出兩三人合抱粗細的參天神木被砍倒時的情景，他的耳際，也彷佛響起了巨木倒地時的轟然巨響，連天地都為之震動，鬼神都為之哭泣。

這種數百年樹齡的巨檜，大都長在深山野嶺之中，就算發現了，砍伐了，如何運出深山，也是極大的困難。通常處理的方法是，就在深山之中鋸開了再運出來，所以檜木雖大，巨料卻少，最常見的是剖成幾寸厚的大圓片，作屏風和裝飾之用，還可以用作桌面。

可是建造這屋子的，卻全是巨大的木料——宋自然就算看到一幢全用黃金鑄成的屋子，只怕也不會更驚訝了。

在月色下，檜木呈現深淺不同的灰色，木紋的灰色較深，但一樣地柔和養眼。

雖然相隔的距離相當遠（約有二十公尺），但是宋自然還是看到了木料的銜接處，絕看不出接縫，像是一整幅木板。可是每隔四尺，卻都有鮮紅色的月牙形花紋，自上至下，每隔一尺有一個，那新月形的裝飾紋，長度約有三十公分。

看到了那些飾紋，宋自然又不由自主，接連發出了好幾下讚嘆之聲。

這種紅漆飾紋，在不明究裏的人看來，至多覺得它有點「土」的風格而已，絕不會覺得有什麼奇特，更加不值得讚賞。

可是宋自然卻是個木工藝的大行家，他一看，就知道那是至高無上的木料銜接法：月牙榫。

木工藝在中國有悠久的歷史，歷代都有大匠出，到了魯班師傅，更把木工藝發揚光大，使他成了木工藝之神，把木工藝提高到了鬼斧神工，出神入化的程度，從整座木製的高塔，成群的宮殿，到一棵一柱、一桌一椅，甚至是小小木盒上的雕花，都到了登峰造極的境地！

（很可惜，自從合成木料發明之後，木工藝迅速沒落。但是，合成木料，各種夾板的發明，又的確是時代進步的必然產物！）

（人類的進步，是有代價的，得到些什麼，同時總也要失去些什麼的。）

中國的木工藝之中，最出色的是木料的接合採用「榫」，又稱榫頭。把不同的木料，緊密地接合在一起，形成隨心所欲的組合，大至宮殿，小至抽屜，無不稱心。

相傳魯班祖師把榫的工藝發揚光大，總結成為七十二種接榫法。

（中國人很喜歡以「九」為基數的數字。如三十六天罡，七十二地煞之類。在西方人看來，「七十二」這個數字，零丁之至，但中國人卻自然把這個數字當作一個整數。）

（魯班大師的木工藝法，也有七十二大法，接榫是其中的一法。）

（單是接榫，就有七十二法。）

在七十二種接榫的方法中，分上、中、下三組，每組二十四種，每一組又分上、中、下——這是中國傳統的分級法，上上的接榫法共有八種，月牙榫在上上法之中，排名第三。

它的過程是，先在要接合的木料邊上，鑿出月牙形的彎洞。洞的大小，視乎要接合的木料大小而定。然後，再用堅硬的木料製成榫，先插入一邊木料中，再拿起另一邊木料來湊上去，發出決定性的一擊，就把兩塊木料接合在一起了。

由於榫是彎的，所以接合之後，特別堅固耐用，積年累月，不會鬆散。接合之處，也嚴絲合縫，美觀之至。

用這月牙榫，最困難的一個程序，就是最後那一擊。講究一下就銜接上去，不作第二次發力，內行人稱之為「一拍即合」。

若是一擊不合，或是合而不夠理想，再要加擊，那非但效果不好，而且，工匠也會被人笑話，被當作是一種恥辱，遺恨終生。頗有些工藝精嫻的木匠，毀在未能「一拍即合」上的。

所以，「月牙榫」法，又被木工稱為「過鬼門」，極少使用。

一般來說，都是對自己的工藝有了信心的大匠，當作表演性質，使用一兩回，博個滿堂彩，提高聲價。為了要做到「一拍即合」，自然製造的東西，也不會太大件——做到一般尺寸的衣箱，已是很了不起的了。

為了表示這是用月牙榫製造出來的——榫在木料裏面，外面看不出來——工匠會在榫的所在處，在外面用紅漆描出來，作為標誌。

自然，有了這樣標誌的製成品，身價百倍，非尋常的木器可比了。

明白來龍去脈的宋自然，看到了這屋子的巨大木料，竟然是用月牙榫接成的，心中的駭異，也就和忽然看到了魯班大師現身在眼前差不多了！

他呆立了好一會，才慢慢走向前。在向前走去的時候，他懷着崇敬無比的心情，簡直就像是去朝聖一樣。

一直到他的手可以觸摸到了那木料，輕輕地撫摸，如同撫摸少女的秀髮。他用了那麼溫柔的手法，自然是由於他的觸覺，也一如正在撫摸少女的秀髮。

宋自然對木製工藝品的豐富知識，這時發揮了作用，那令得他在接下來的時間中，呼吸以極不正常的節奏進行，在大部分的時間中，他都是屏住了氣息的。

手掌帶給他的感覺告訴他，塗在檜木上的漆料，珍貴無比，那也是令得檜木在月色下看來，隱隱流轉着珍珠一樣光澤的原因。

那種漆料的製成方法，早已失傳，只在專門的古籍之中，才有記載。

傳說的天然漆，是漆樹的樹汁，把一大桶漆，經過沉澱、篩選等等許多複雜的工序之後，會產生出一種透明的膠汁，被稱作漆精。十擔漆，產不出一升漆精，其名貴可知——這種塗料，早在千年之前，已經失傳，只有在千載以前的木器上，如果塗有漆精的，才得以保留，也可以看到，上等的木料和漆精相結合，是何等的天作之合，簡直奪天地之造化。

宋自然在研究木器的過程之中，曾研究過一個檀木髹上漆精的妝盒（不知道當年是在什麼樣的深閨之中，是什麼樣的女人的用品），他曾刮下了少許作化驗，結果並不是很出人意表，被稱為「漆精」的神奇塗料，成分是「漆酸」——$C_{14}H_{18}O_2$。

漆酸有着極強的防腐防蝕的性能，可以保護木料，千年不朽，而且，它能滲入木料的紋理之中，填塞木料的一切空隙，和木料結為一體。

髹過漆精的木料，其耐蝕程度，比金屬還甚。

由於漆精難得，且失傳千年，珍貴程度，自然可想而知。可是這時，宋自然放眼看去，竟像是這幢屋子中所有的建築木材，全經過漆精的處理一樣。

那實在是不可能的事！

他在不規則的呼吸下，不知自言自語說了多少遍：「不可能！不可能！人間不可能有這樣的寶物……我一定進入了夢幻的境界之中，不現實，不現實！」

他當真把自己的手指，放進口中，狠狠地咬了一口，痛得他倒抽了一口涼氣，一面捽着手，這才承認眼前的一切，確是事實。

他先繞着屋子轉了一圈，那化了他足足一小時的時間，若是用正常的步行速度，至多五分鐘即可，但若是照宋自然的心意，一個月也不會嫌多。

然後，他來到了門口，看到門上有十分特別的門環——那是一個連着小槌子的圓環，黑漆漆的，看來不像是金屬，在槌子可以敲到的門上，也鑲着黑色的一方東西。

宋自然用那小槌子敲上去，發出很是清脆，如擊石磬的聲音。

這一下，連宋自然也不知道了——他知道那黑色的也是木頭，可是那是什麼木料，他卻也說不上來。

敲了十來下，就聽到門內有人應聲道：「來了！」

聲音很動聽悅耳，一聽就知道是妙齡女郎的聲音，但是卻很是平靜，可以形容成「不食人間煙火」，當然也可以說成「冷漠」。

門打開，首先令得宋自然一呆的是，他看到的是一盞燈，一盞只有古代人才用的燈——甚至不是煤油燈。

那燈有一個極精緻的六角形的油絲燈罩，半透明的油浸絲料，使燈火透出一種柔和的、淺黃色的光輝。

燈光有點閃動，宋自然接着看到的是，一張俏麗絕倫，詩一樣的俏臉。俏臉上並沒有歡迎或討厭的任何神情，亮麗的眼睛，也吝嗇地不表達任何訊息。

可是宋自然已感到了目眩。

(二)絕代有佳人

宋自然實在無法掩飾自己的驚訝，他結結巴巴地道：「我叫宋自然，我應聘來這裏工作，我……被安排住在這屋子中！」

那女郎靜靜地聽着，仍然是一點反應也沒有，在柔和的燈光下，形成了一種很奇怪的幻覺——看起來，她像是才從一幅什麼畫中走出來，還沒有適應這個世界，所以才會有這樣的靜態。

等宋自然說完，那女郎才作了一個手勢，請他進屋子去，那一刻，宋自然不由自主，發出了一下低低的嘆息聲。那女郎的手，竟是如此動人，宋自然從來不知道，女性的手，竟也可以令得人心跳加劇。

他感到有點迷糊，才得跨出一步，那女郎的視線，忽然沉了一沉，望向他的雙足。宋自然的視線，也被她引向下，他看到那女郎穿着一雙月白緞子，綉着幾莖墨蘭的軟鞋，潔白亮淨。反觀自己的一雙皮鞋，卻是骯髒不堪。他立時明白了女郎的意思。

因為同時，他也看到了一塵不染、潔淨無比的地板。

宋自然一看到了那一幅地板，他的專業知識使他自信心大增，面對美女的窘態和失措，也自然消失。

那一大幅地板，全以小小的六角形，呈金黃色的木頭拼成。

每一個六角形的一邊大約是四公分——宋自然知道它的準確尺寸，應該是九分九（零點九九寸）。

他也知道，那小六角形地板，和普通的地板不同，並不是薄薄的一層，而是每一個六角形，都是一根小木樁，樁長九寸九分。

所以，這種用枋木鋪成的地板，結實之至。枋木是檀木的一種，色澤很是華麗，木質也堅實，宮殿建造，多有採用。

這種地板的鋪設方式，稱為「蜂窩樁」，形制極古。不但可以上溯到三代，甚至可以追溯到堯帝時代，相傳堯帝時有一個神工大匠，名字叫赤將子興，就曾為堯帝的宮室，鋪上「蜂窩樁」，取其長久之意，所以尺寸皆尚「九」。堯帝時代，還是部落時代，部落的領袖，和百姓距離不遠，那宮室的地板，每天經幾千人的踐踏，而始終和新鋪的一樣。

赤將子輿由於有這樣出神入化的技藝，所以後世人把他渲染成了神仙，說他一天能走五百里，一年可以換皮膚十次！

（像不像外星人？）

宋自然看到了這種只在傳說裏才見到的地板，雖然在地板上，有那女郎美麗的雙足和誘人的小腿，他也不禁「嗖」地吸了一口氣。

那女郎就在這時，發出了「嗯」地一聲。

雖然聲音動聽之至，但是卻充滿了挑戰詢問的意思，她分明是在問：「吸什麼氣，你知道什麼？」

宋自然索性坐了下來，先脫了鞋——他明白女郎視線下移，是請他脫鞋。

然後，他模仿古人，盤膝席地而坐。

他用古法一坐，那女郎就「咦」地一聲，俏臉之上，大有驚訝之色。

宋自然向她微微一笑，伸手貼掌，撫摸着地板：「枋木色彩雖然華美，但要有金黃色，非是百年老樹的樹心不可，這蜂窩椿竟全採用了老樹心，只怕當年帝王宮室，也未必有。」

他在說的時候，直視着那女郎。他的話，猶如春風，吹走了女郎俏臉上的冷漠，她現出了七分喜，三分意外，一張俏臉，頓然活色生香，亮麗紛呈，看得宋自然賞心悅目之至，更是說話伶俐，把他對這地板的所知，一起說了出來。

等他說得告一段落，那女郎立時道：「宋先生果然是大行家！」

宋自然一挺身，站了起來，一面連聲「不敢」，一面遊目四顧，更是讚嘆連聲，各種各樣的木料名稱，自他的口中，流水般吐將出來，什麼紅楠木百年難逢，什麼大栗木千金難求，什麼黃楊木潤比玉石，什麼柚木其色如血，最是怵目，什麼赤楓、白楓，文理細膩，相傳是蚩尤所棄桎梏所化……滔滔不絕，全是就他視線所及，看到的木材在發揮！

那女郎更是佩服：「有什麼木料是宋先生不識的？」

宋自然頓了一頓：「有，大門口那門環，黑色的，就不知是什麼木。」

那女郎忽然現出佻皮的神情來，眨着眼，眼中靈光流轉：「宋先生只要想上一想，就一定知道。」

這是很空泛的提示，但是卻表示了那女郎對宋自然大有信心，那令得他大是興奮。

那時，宋自然正坐在一張榧木的椅子上——他和那女郎已走過了進廳，到了廳堂，傢俬陳設，全是明式的。

那女郎也坐了下來，她手中的燈，放在身邊的几上，廳堂中另有幾盞較大的燈掛着，式樣古雅，一式的油絲燈罩，光線柔和之至。

那種做燈罩的絲網，本來就已極薄，半透明。再經過很複雜的油浸手續，使透明度更高，光線從這樣的燈罩之中透出來，有一種朦朧的神秘感。再加上屋內的一切都是那麼古典，俏女郎又是那麼美麗動人，宋自然在恍惚之間，有身在幻夢之中的感覺。

他注視着那個女郎，她在給了他暗示之後，神情並不是在挑戰他的智慧，而是善意的鼓勵，使她看來，更是親切和溫馨。

宋自然本來思緒一片混亂，在女郎這種友好的眼光之下，他才能集中精神去思索：那種黑黝黝的，會發出金屬撞擊聲的木頭，是什麼種類的木料呢？

突然之間，他想到了。

他不由自主，發出了「啊」地一聲，整個人也陡然震動，霍然起立。

他張大了口，盯着那女郎，一時之間，說不出話來，那女郎從他的動作，也知道他猜到了，所以，在她的俏臉上，綻開了極動人的笑容。

宋自然在喉間發出了幾下怪聲之後，才大聲叫了出來：「沉香木。」

女郎微笑着頷首。宋自然又「嗖」地吸了一口氣，才搓着胸口：「真有這種沉香木？我一直以為那只是神話傳說中的東西。」

女郎微笑不語，宋自然思緒紊亂：那沉香木，相傳長於海底，是龍宮的寶物，人間哪能得見？他有許多疑問想問，可是一時之間，全然不知如何問起。

這時，那女郎已盈盈起立，重又提起了燈，柔聲道：「宋先生遠來困倦，該休息了。」

宋自然搖着頭，直到這時，他才問出了一句話來：「這一切全是……真的？」

女郎笑出了聲來。宋自然有點手足無措，又問：「這一切……怎麼可能？」

女郎的神情變得很正經：「我也不知道，不但我不知道，連我母親也不知道，這就是為什麼我們接受宋先生來住的要求，要藉宋先生的研究，找出答案來。」

宋自然登時覺得自己責任重大，就連聲道：「當然，當然，我一定竭盡所能。」

這時，那女郎在他的身前帶路，和宋自然相隔很近，宋自然這樣一說，女郎翩然轉身，帶起了一股淡淡的香風，令他陶醉。女郎在致謝：「那就有仗宋先生了。」

宋自然心中的疑問更多，他已進入半迷醉的精神狀態之中，所以，是怎麼跟着那女郎進入了房間，女郎又如何離去的，竟都模模糊糊，難以有清晰的回憶。

當他陡然想起，自己竟沒有問那女郎的姓名時，他用力在自己的頭上，敲了一下。那時，他已躺在一張桉木的大牀上。

以桉木作牀，能使人安然酣睡——漢字造字，頗有內涵，木字邊一個「安」字組成「桉」，就已說明桉木有安神的作用。

（當宋自然向我作以上簡短解釋的同時，特地加重了語氣，唯恐我不相信。）

（雖然他的解釋前所未聞，但是我倒也可以接受。因為我知道，桉木，就是尤加利樹——EUCALYPTUS GLOBULUS。這種原產澳洲南部的樹木，是屬桃金孃科的常綠喬木，極其高大，樹皮和葉，都有藥用價值，退熱寧神，也許真可以使人安然酣睡。）

宋自然雖然很想立刻知道那女郎的芳名，但看了看時間，已過午夜，不便再去騷擾人家。

那一晚，他確然睡得很酣甜，第二天醒來，只覺房間之中，光線幽暗，陽光從窗前的木簾透進來，在地板和牆上、傢具上，到處留下了神奇的圖案。

宋自然一躍而起，伸手在自己的腦門上拍了一下，心想出得房去，第一件事，就是請教那女郎的芳名。

想起能和這樣的美女朝夕相處，宋自然情懷蕩漾，心曠神怡之至。

他留意到房間的一邊，是一個院子，院子中央有一口井，井旁有着木盆等浣洗的用具。宋自然已可以肯定這幢舉世無匹的木結構屋子之中，決計不會有現代化的設備，非但沒有電，也不會有自來水，他要用水，就得用那院子中的井水。

他出了房間，繞到了那院子中，來到了井旁，看到一切用具，都是上好木料所製，就是井旁的軸轆架，也是上好的烏木，水桶則是槭木所製。

他打了水，注入木盆中，井水清冽，洗了一把臉之後，精神倍增。他希望那女郎會出現和他相會，可是整幢屋子靜得出奇，像是只有他一個人。

他打量着那院子，發現並無樹木——這是很奇怪的現象，造這屋子的人，對木料的研究之深，只怕古今中外，再沒有更深刻的了。而且，在任何一處地方，都可以看出建屋人對木料的珍愛。

可是，這個建屋人卻顯然只喜歡木料，只對木料着迷，而不喜歡樹——屋前屋後，以及在院子中，都看不見一株樹，非但沒有大樹，連花枝灌木也見不到。

宋自然想到了這一點，驚訝之餘，想把這種怪現象打一個譬喻，可是卻想不出來。

（我在聽他敍述經過時，倒想到了一個譬喻——他在那屋子中，後來有不少怪異之至的經歷，他詳細向我説，我再轉述出來，自然要循序漸進，而且，也化繁為簡，他在向我提到木料時，所説的比我覆述出來的詳細百倍，單是説那個專打井水用的棫木水桶，就説了一千多字，要説照他説的全部覆述，看的人會發瘋。）

（我的譬喻是：「這個建屋人不喜歡樹，他是喜歡樹的屍體。」）

（我的話説得很直接，宋自然聽了之後，呆了半晌，才道：「這種説法……未免太可怕了。」）

我道：「所有的木料，全是樹的屍體，必須先殺死樹，才能取得木料，就像必須先殺死牛，才能取得牛肉一樣，雖然可怕些，但卻是事實。」

（宋自然苦笑：「衞斯理，你用詞真怪，『殺死樹木』這種説法……」）

（我不等他講完，就道：「樹木是有生命的，你不會否定這一點吧？」）

（宋自然眉心打着結，不出聲，我又發揮我的意見：巨大的樹木，可作棟樑之材，那是從人的立場來看，覺得這樹有了用處，如果用樹的立場來看，反對人類沒有義務，它的價值觀也必然是生長在深山中，遠比叫人砍下來變成棟樑好。）

（宋自然攤了攤手：「好了，先別在這個問題上爭辯，我同意你的譬喻就是。」）

宋自然在那院子裏呆立了一會，口中吟着杜甫的詩句：「絕代有佳人……」信步走進了一條走廊，建築公司允許他休息一天才開始工作，他有一天空閒，他在盤算，見了俏佳人之後，如何要求她作竟日之伴。

在走廊中走着，他只覺得屋中靜極，他自然知道那是嚴密的木結構，起着良好的隔音作用。

走廊的兩旁，都有關着的房門，宋自然不禁又是躊躇，他在人家屋子裏作客，其實不能太騷擾人家，不便一間間房門去叩門，看看那女郎是住在哪一間。

他只能故意弄出點聲音來，有時敲敲木壁，有時又大聲咳嗽，希望能把俏佳人引出來。

可是，他一路行來，靜悄悄的，卻一個人也沒有遇上。

不一會，他又走進了一個廳堂，兩張八仙桌，表示那是飯廳。

桌上有一隻紗罩，宋自然走近去，揭開紗罩一看，不禁發出了一下歡呼聲。

紗罩下，是六碟佐粥的小菜，雲腿蝦米、腐乳醃筍、醬肉鹹蛋，還有一鍋兀自在冒着熱氣的香梗白粥。

宋自然老實不客氣，在天然樹根雕成的凳子上坐了下來，拿起沉甸甸的梘木筷子，端起黃楊木剜成的碗，舒暢地連盡了三大碗。

他在吃粥時，除了他自己發出的聲音之外，並沒有聽到別的聲音。等到他心滿意足，撫着發脹的肚子時，才聽到了有木魚聲，隱隱傳了過來。

那敲木魚的聲音，聽來很是清脆，宋自然是大行家，一聽，就聽出那木魚是鐵梛木所製，發出的聲響，特別嘹亮悅耳。

宋自然立刻想起，那女郎說她有一個母親，敲木魚的一定就是她了。不知道那女郎是不是陪在她母親的身邊低聲誦經，若是煙篆裊裊，佳人靜心禮佛，這又是什麼樣的畫面？

宋自然一面心猿意馬，胡思亂想，一面循聲尋去。木魚聲越近越是清脆。不一會，他就來到了一間小小的佛堂之外。

那佛堂的格式，相當異特，宋自然這時所站的一面，沒有任何遮隔，完全開揚，所以宋自然一眼就可以把佛堂中的情形，看得清清楚楚。

佛堂中的陳設，倒是常規化的。正中是一座觀音坐蓮像，從那色澤來看，一望而知，是整塊上佳的杶椿木雕成的。

杶椿木有一股天然的清香，可以歷數百年而不減，這尊觀音像雕得精美絕倫，佛像的那種詳和，配上木香，就是天衣無縫的搭配。

像前是香案，香案上的陳設也如常，在香案之前，跪坐着一個老婦人——宋自然只能看到她的背影，只覺得她乾瘦無比，頭髮已經全白，卻挽了一個很是整齊的髻。

老婦人手中拿着木魚棒，正在有節奏地敲着面前的一隻大木魚。那大木魚並未髹漆，是木頭的原色，宋自然看出那是鐵梛木所製，所以發出的聲響，才會如此清越。

在佛堂的兩側，是自屋頂一直垂到地上的白布幔，看起來還不止一重——最奇特的也就在這一點。一般來說，這樣的白布幔，只有在靈堂上才會用得到，可是這裏分明是一座佛堂。

也就由於這一點，使得這佛堂，看起來有一股難以形容的詭異。

而且，兩側的白幔，看來重重疊疊，有好多重，而且洗得潔白，顯見那不是隨便的佈置，而是大有深意的。

宋自然當時所想到的是：這些幔幛，是要來遮蔽什麼的呢？在布幔之後，是什麼呢？

他來的時候，腳步很輕，站定之後，也沒有發出任何聲音，那老婦人仍是急一下、慢一下地在敲着木魚。宋自然站了一會，覺得不應該打擾人家禮佛，就準備離去。他才後退了一步，還未曾轉身，就看到老婦人停了手，把木魚槌掛到了架子上，緩緩站起身來。

宋自然一見這等情形，不便離開，他等到老婦人轉過身來，就很有禮貌地叫：「早。」

老婦人站了起來之後，更見乾瘦矮小，滿面皺紋。不過看得出她精神很好，她目光炯炯，打量了宋自然一下，開口問：「宋先生？」

宋自然忙自報姓名，再問：「老太太怎麼稱呼？」

老婦人的回答是：「先夫姓黃——嗯，芳子説你簡直是專家。」

宋自然心中大樂，俏女郎的芳名是黃芳子，那正是他極想知道的。

他的回答自然謙虛：「黃小姐過獎了，我只是略知一二而已。」

怪的是，老婦人居然接受了他的謙虛，點了點頭，喃喃說了一句：「能略知一二，也不容易了。」

接着，黃老太就道：「宋先生若是對這屋子有興趣，只管四處察看，就當是自已的家一樣。」

宋自然心情興奮，搓着手：「黃小姐呢？我想向她要些這屋子的資料。」

黃老太笑了起來：「她到學校去了——你問她，她也根本不知道這屋子的來龍去脈。」

宋自然聽說黃芳子不在，很是失望，他隨即道：「老太太你知道，也是一樣。」

誰知道黃老太把雙手一攤：「我也不知道——只怕世上，再沒有人知道這屋子的來歷。」

宋自然呆了一呆，這話，若不是出自一個老人家之口，他一定直斥其非，或是哈哈縱笑了。

他定了定神，搖着頭：「不會吧，這屋子簡直是木建築的瑰寶，就算屋主人已失散，當地文史館、博物館、地方志，也必然有詳盡的記載，這屋子屬於整個民族的文化，而且是頂端的文化。」

宋自然說得有些激動，甚至揮舞雙手，以加強語氣。

宋自然有這樣的反應，合理之至，這幢房子既然如此珍罕，那自然是受國家文物部門保護的文物，怎麼會沒有人知道它的資料？

若是世上沒有人知道這屋子的來歷，黃老太和黃芳子，又是憑什麼資格成為這屋子主人的？這屋子，無論從哪一個角度來看，都價值連城，至少以億美元計，怎會隨便落入私人的手中？

宋自然以充滿懷疑的神情望定了黃老太，他再也想不到，黃老太在這樣的情形下，會向他問出了一句全然風馬牛不相干的話來。

宋自然在向我說起一切經過的時候，把一切細節都說得很是詳細，說到這裏，他停了下來，望着我：「你可知道黃老太忽然問了一句什麼不相干的話？」

宋自然的性格有些「黏」，不是很爽快的那種人。對付他這樣的人，必須快刀斬亂麻，以免浪費時間，所以我連半秒鐘也不思索，就道：「不知道，猜不着，也不想猜，你說吧。」

我的態度再明白也沒有了，可是宋自然還是不立刻痛快地說，而是現出了不相信的神情來，搖了搖頭——表示他直到那時，仍然不相信黃老太會突然講出那樣不相干的一句話來。

我在這個故事一開始的時候，曾說過「宋自然偶然地認識了黃芳子」，其實，也不是那麼「偶然」，事情根本有可能，是經過了處心積慮安排的，而且，還安排得巧妙無比。

事情發展下去，有很多出人意表的事，可以證明這一點。

當時，宋自然搖了搖頭之後，又隔了一會，才道：「黃老太忽然問我，是不是認識一個叫衞斯理的人。」

我陡然一呆，失聲道：「什麼？」

宋自然重覆了一遍，我也不禁大是驚訝，想不出何以那個敲木魚的，住在價值連城的舊木頭房子中的一個老太太，忽然會問出這樣的問題來。

（三）一個無形的陷阱

事實上，我再也想不到，事情會和我有關——我對舊木頭沒有興趣，也從來沒有到過那個城市，根本一點關係也沒有。

雖然世上有些本來一點關係都沒有，但發展下去，卻變成大有關連的，但當宋自然開始對我說起這件事時，我絕未料到事情和我有關。

我用極疑惑的眼光望向宋自然：「怎麼一回事，你說得詳細些。」

宋自然吸了一口氣——他在陡然聽得黃老太這樣問他時，也不由自主吸了一口氣，一時之間，不知道如何回答才好。

黃老太卻顯得很急切：「是不是認識這個人？他叫衛斯理。」

宋自然看出黃老太的神情大是焦切，他用力點頭：「認識，認識，他叫衛斯理。」

黃老太的反應，奇特之至，她一面搓着手，一面在佛堂之中，急速地打着轉，那情景和剛才她敲木魚的情形相比，簡直判若兩人。

她一面團團亂轉，一面又問：「你和這個衛斯理很熟？」

宋自然沒有立即回答。一來，由於黃老太的神情行動都很怪異，出人意表，使他感到驚駭；二來，我說過，他的性格不是很爽快，他和我是不是很熟，這個問題，他感到不好回答，因為說熟不熟，說生不生，介乎中間。

他沒有立刻回答，黃老太卻又提出了一連串的問題來：「這個衛斯理是不是真的神通廣大？聽說他的架子大得很，他一向不和官府來往，不為官方做事，他真有那麼多的怪異經歷？」

宋自然給這一連串的問題，問得不知所措，也根本不知如何回答才好。

等黃老太住了口，他才道：「我是認識他，可是不能算是太熟，我有一個外甥，倒常和他往來。」

黃老太直視着宋自然，又說出了一番話來。

宋自然在向我敍述老太太的這番話之前，有一個說明。他道：「接下來黃老太說的話，我印象十分深刻，所以可以一字不易地轉述。但是天地良心，我不知道她這番話是什麼意思。」

這時，我也覺得事情很是古怪，我道：「那就請你一字不易地轉述。」

黃老太當時，瞪着宋自然：「你和他不是很熟？情報資料說通過你可以和他聯絡，交任務給他，看來不是真的了，哼，怎麼搞的？」

黃老太不但語有恨意，而且在說的時候，還連連頓足，像是做了什麼錯事。

宋自然完全摸不着頭腦，不知發生了什麼事——雖然後來又發生了一些事，但是直到他把這些經過告訴我的時候，他仍然不明白。

他用極疑惑的神情望着我，等着我的解釋，我也用充滿了懷疑的眼神望向他——我懷疑他對我所說的一切，是不是真話。

一個古老城市中的一個老太太，在敲木魚之際，知道有我這個人，那並不令人驚奇，因為我一直在自己有了怪異的經歷之後，將之整理記述出來。這些年來，那些記述，流傳甚廣，老太太曾接觸過，也平常得很。

可是，老太太竟然十分急切想和我聯絡，這就有點古怪了。

或許老人家有什麼疑難之事，要向我求助，那倒也很平常——宋自然的姐姐，溫門宋氏，就曾要我為一家少年芭蕾舞學校去剪綵，世上怪事怪人多。

可是，聽黃老太對宋自然所說的話之中，竟用到了「情報資料」這樣的字眼，這就有點匪夷所思了。

宋自然看出了我的心意，他舉起手來：「我說的一切，若有一字虛言，叫我不得好死。」

我揮了一下手，咕噥了一句：「何致於要罰這樣的毒誓，你怎麼了？」

宋自然一臉的茫然和無奈，口唇動了幾下，可是卻欲語又止。

當時，我由於要接上思路，沒有注意他——後來才知道事情對宋自然來說，確然重要之極，因為他對黃芳子一見鍾情，已經不能自拔，事情如果處理得不好，會影響他的一生。

這是我事後才知道的。

當時，我接下去想，覺得宋自然應聘到那城市去工作，讓他住進那屋子，讓他和黃芳子見面，和黃老太見面，竟是事先經過悉心安排的。

通常，這樣悉心的安排，都被稱之為「陰謀」。

凡陰謀皆有目的，這個陰謀的目的，也很明顯，就是由於情報資料說宋自然和我很熟，可以通過宋自然而和我聯絡。

而且，急切要和我聯絡的，很可能是「官府」，因為黃老太的問題之中，提及了「官府」、「官方」和「任務」。

由於我記述自己的經歷，所以我的一切，也等於透明，並不需要「情報資料」去調查。確然，我討厭官府，尤其憎厭集腐敗、落後、愚昧、殘暴於一身的官府。

當我意識到事情竟然可能從我身上起，而又和官府有關時，我很是敏感，伸出手來，掌心向着宋自然——這樣的手勢，誰都明白是阻止的意思。

我的用意很明顯，我是在向宋自然表明：如果有可能的話，就請到此為止，我不想再有進一步的發展，因為發展下去，極有可能發生我極不願參與的事。

人要做到自己想做的事，難；但要不做自己不想做的事，卻容易。

宋自然明白了我的意思，而且，他也在黃老太的話中，分析到了事情可能和官府有關。他雙手抱住了頭，好一會不說話。

我雖然很同情他，可是又硬起了心腸，一聲不出。

過了一會，宋自然才道：「是不是可以允許我把在那屋子中的經歷講完？」

我問：「你在那屋子中耽了多久？」

宋自然道：「三天……和兩個半小時」。

我悶哼一聲：「然後，就執行你的聯絡任務了？」

宋自然臉漲得通紅，分辯道：「不是，是因為事情真的有不可思議之處，所以才來——」

他說到這裏，陡然住口，神情悻然：「好，算我沒來找過你，告辭了。」

我揚着頭，並不挽留。我知道這樣做很傷宋自然的自尊心，也有可能錯過了一件不可思議的奇事。可是我實在不能冒險——再繼續下去，就可能和那樣的官府發生牽連。我寧願和食人族的野人打交道，也不願和那種力量有任何牽連。

宋自然見我在他站起身來之後，竟然絲毫也沒有挽留他的意思，也不禁大是愕然，呆立了片刻。

在那大半分鐘內，我根本不去看他，他向門口走去，到了門口，他才大聲道：「是我敍事的本領差，引不起你的興趣？」

我嘆了一聲：「你不明白，小宋，再美好的食物，如果其中有死蟑螂，你也不會去碰它——你的故事很具吸引力，也激發了我的好奇心，可是沾上了那種官府，請恕我不想沾手。」

宋自然的臉上一陣紅一陣白，他又掙扎着說了一句：「如果事情……和我的終生幸福有關呢？」

我一時之間，沒有會過意來，心中只在想：胡扯什麼！事情怎會和終生幸福有關？而就在此際，突然聽到白素的聲音，自樓上傳下來：「那當然另作別論。」

一句話功夫，白素已自樓上走了下來。宋自然一見白素，立時大喜，踏前幾步，竟然不知說什麼才好，自他的口中，發出了一陣毫無意義的聲音。

我聽到白素接了岔，心中倒也是一寬——事情發展下去，即使有我極不願做的事發生，也不關我事，可以任由白素去處理，誰叫她說「另作別論」的。

她下了樓，對宋自然道：「我在樓上，聽得不完全，怎麼一回事？聽來，你像是發現了一座神木宮，倒有點像傳奇神怪小說之中，什麼巨木靈君的宮殿，在這宮殿之中，住着東方甲乙木，青帝的女兒？一個動人之極的公主，是你終生幸福之所繫？」

白素一口氣說下來，興高采烈。她很少有這種情形，想來是為了宋自然一見鍾情而高興。

我這時，自也恍然大悟——一定是他答應了黃芳子母女，可以請得動我，若是無功而退，那就失信於佳人，就影響到他的「終生幸福」了——這種想法，很是誇張，看來溫寶裕的誇張，來自他母親的那一系。

我立時「哈哈」大笑：「好極！好極！有衛夫人出場，比衛斯理更好。」

這是實在話，白素的處事能力，只在我之上，不在我之下。白素也自然明白我的心意，她向宋自然道：「你只說到第二天早上，且把那第三天零兩個半小時的一切，都說來聽聽。」

宋自然面有喜色，向我望來。我當然明白他的意思，是在問我讓不讓他說，但是我卻故意曲解其意，大聲道：「若是不想我聽，我可以避開去。」

宋自然忙道：「哪裏，哪裏，衛先生，剛才我態度不好，對不起！」

我笑着揮了揮手，白素在我身邊坐了下來。宋自然繼續說他的遭遇——

當時，黃老太的言行，令宋自然奇訝不已，他不是笨人，所以他問：「黃老太，你想找衞斯理？」

這一問，在當時的情形下，應該是合情合理之極的。可是黃老太在聽了之後，卻陡然震動了一下。

接着，她用手掩了掩自己的口，像是剛才説漏了嘴，説了不應該説的話，然後，她支支吾吾：「可以説是，也可以説不是，唉……再説吧……上頭説……不……不……我不再説什麼了。」

她一面説着，一面在急急向前走，像是怕宋自然追問下去，所以急於想避開他。

宋自然更是莫名其妙，黃老太一直走開了十來步，這才道：「你只管把這裏當自己的屋子好了。」

説完這句話，她轉過廊角，不見了。

宋自然納悶之極，心想也許人年紀老了，就會有奇怪的行為，這一天不必到公司，餘下來的時間，他就到處觀察這屋子，看到的每一樣東西，發現的每一處結構，都令他興奮莫名，深信這屋子舉世無雙，價值無可比擬，他也更不能想像何以這樣的屋子，會沒有記錄留下來。

那一整天，他都沒有法子向任何人提出這個問題來，因為他在屋中轉來轉去，沒有再見到黃老太。

屋子雖然大，宋自然到處走，照說也應該遇得見，由此可知，黃老太是故意在躲着他。

而屋子之中，也別無他人——只有黃家母女兩人，再加上他。

黃老太人雖然不見，但是到了吃飯的時候，那飯廳的桌上，都有可口的飯菜。在晚飯之後，宋自然已經從極度的興奮之中，漸漸地冷靜了下來。

在這時候，他再回想起和黃老太的對話，以及黃老太的神態，都使他產生了極大的疑惑，使他感到，在這座舉世無雙的木結構建築物之中，充滿了神秘和詭異。

他也隱隱感到，自己來到這裏，並不是偶然的，他感到有一張無形的網，已將他罩住，或是他已跌進了一個看不見的陷阱之中。

當這種感覺越來越強烈的時候，他初來到那屋子時的喜悅，自然不免打折扣。

宋自然把他自己的心情，很坦率地告訴我，他道：「如果有什麼人，作了巧妙之極的安排，要我上鈎，用那屋子作餌，本來是足夠的了。但是當我發覺一切有可能是陷阱時，我也可以毅然捨屋子而去，不落入網中。可是……可是……那屋子不單是那屋子，那屋子之中，還有着……黃芳子。」

宋自然這樣毫不隱瞞地對我們道出心事，我和白素都很感動。

我們自然都相信有一見鍾情這回事，也知道，人和物之間的情意，絕不能和人與人之間的情意相比較。

那屋子不能使宋自然上鈎，但是黃芳子卻能使宋自然心甘情願地去赴湯蹈火。

白素低嘆了一聲：「事先必有精密的安排，但黃芳子未必是餌，而且，照看，針對的目標，也不是你，而是通過你，來進行些什麼。」

她說到這裏，向我望來——從黃老太的言行看來，最終目標是我，顯而易見，所以我悶哼一聲，不表示意見，只是示意宋自然繼續說下去。

宋自然一天沒見黃芳子，心中牽掛，又由於想到了可能有不可測的陷阱，他格外想再見到黃芳子，所以，在晚飯之後，他來到門口，等黃芳子回來。

這時，他對這個俏麗得令他一想起來，就心口抽搐的女郎，可說一無所知，連名字也是從黃老太那裏聽來的，而且，也只知道「她到學校去了」，什麼學校，在學校作什麼，他也不知道，他甚至不知道她是不是會回這屋子來。

他踱過了空地，夕陽西下，漫天紅霞漸漸化為紫色，他倚在木柵前，當暮色四合之際，他看到一輛腳踏車，轉進了通向屋子的小路，車上的女郎，秀髮飄揚，身形窈窕，不是芳子是誰。

宋自然平日絕非熱情如火的人，在陌生的女性面前，更是拘謹得很。可是這時，不知是一股什麼樣的激情，竟驅使他向前直奔了過去，迎着駛來的腳踏車，一下子伸手，抓住了車把。

在車上的芳子，也沒有過度的驚訝，只是睜着她在暮色中看來，澄澈明亮的眼睛，望定了宋自然。

宋自然先是叫了一聲：「芳子！」

接着，他全然不知道該說什麼才好，把住了車子的手，甚至在微微發抖。

接下來發生的事，也很是特別，和一般初相識的男女青年不同，對話頗是別出心裁。

芳子微笑着，她的笑容如同柔和的春風，使宋自然的緊張得到鬆弛。

她發出了一聲低呼：「啊，我母親把我的小名告訴你了。」

宋自然一聽之下，反應竟然是：「芳子是你的小名，請問大名是什麼？」

這種反應，當然屬於「傻瓜」級，可是芳子居然很是正式地回答：「我叫黃蟬，對了，就是螳螂捕蟬的『蟬』。」

宋自然略呆了一呆：「好別致的名字。」

用「千里共嬋娟」的「嬋」來作一個女性的名字，那是相當普通的現象。可是用「蟬曳殘聲」的「蟬」來作名字，那確然「很是別致」（其實是「古怪」的變詞）。

當宋自然詳細說這一段經過時，我和白素都是聽眾，白素聽了這名字，眉心略蹙，向我望來。

我揚了揚眉，剎那之間，我想到的是這個名字可能和「螳螂捕蟬，黃雀在後」的成語有關，既然姓黃，叫黃蟬，總比叫黃雀好聽些。

當時，我不知道白素有什麼特別的想法，白素也沒有更進一步的表示。一直到相當時日之後，我才知道白素當時，確然是想到了什麼的，那使我對她佩服不已。

當下，宋自然總算恢復了鎮定，自我介紹：「我叫宋自然。」

芳子嫣然：「也是很別致的名字——進屋子去？」

當她揚着眉，這樣說的時候，宋自然如同遭到了電殛，連忙鬆開手：「當然！當然！」

芳子一側身，用一個極其優美的姿勢下了車，動作之悅目，令宋自然不由自主，發出了一下讚嘆聲。

芳子推着車向前走，宋自然實在很想緊貼着她，可是又怕唐突了佳人，那一段距離並不長，可是芳子卻繞過了屋子，把腳踏車推到屋後一個相當遠的角落處停放。放好了腳踏車，她才解釋：「這車，是屋子中唯一的現代物件，我怕它破壞了整個屋子的和諧和完整，所以總要盡可能把它放遠些。」

這一番很是不尋常的話，自然又令得宋自然衷心地嘆服，他在發出了一連串表示欣賞的聲音之後，才道：「你也是現代人，卻和這屋子配合得那麼好。」

宋自然在讚美芳子，芳子自無不知之理，所以她俏臉也大有喜悅之情。但是喜容卻一閃即逝，代之以一種很是惘然無助的惆悵，看了令人心疼。

宋自然不由自主，「啊」地一聲，想問，又不知從何問起。因為從芳子的神情看來，她像是心事重重，大有隱秘，說來話長。

宋自然沒有硬要人家說出心中隱秘之理，所以他欲語又止。

而過了極短的時間，芳子就已經回復了正常。

宋自然在向我和白素說到這一節時，用手在臉上撫摸了一下，道：「當時，我真以為芳子是一個古代的美女，不知如何，來到了現代，所以才會有這樣的茫然。」

我和白素都沒有取笑他，因為在聽他講述到這裏時，我和白素，也有同樣的想法——一個古代美女，由於時空交錯，到了現代，這並不是太不可思議的事。

而宋自然在不到一小時之後，再和黃芳子相遇，黃芳子換上了傳統的服飾之後，認為芳子可能是「古代美女」的感覺，也更強烈了。

先是進了屋子之後，芳子直趨飯廳，在宋自然進食之後，顯然已有人收拾過，換上了新的飯菜，而且，一旁還有一個盎洗架，芳子來到架前洗了臉，漱了口，在飯桌前坐了下來。

宋自然明知不禮貌，可是還是在一旁，目不轉睛地盯着她看。

芳子在取起筷子之前，向宋自然一笑，宋自然覺出了自己的失態，漲紅了臉。芳子道：「飯後，如果你有話要説，請到客廳相會。」

宋自然一疊聲地答應，倒退着離開，回到他的房間之後，手按在胸口，心頭好一陣狂跳，無法平靜下來。在房間中團團轉了十幾個圈，明知芳子沒有那麼快到客廳去，他就離開了房間。

這時，天色早已黑了，屋子中並非到處都有燈光，整個屋子，都在神秘的黑暗之中，有一小段路，甚至要摸壁而行。

但客廳中卻有柔和的燈光透出來，宋自然還以為芳子已經到了，心頭又一陣狂跳。

及至進了客廳，闃無一人，宋自然才知道，那燈多半是黃老太準備的。想起這老婦人，也夠詭異的了，她在這屋子中，像是具有隱形的能力一樣，可以全然不見人影，但是卻又無處不在，把一切都安排得停停當當。

宋自然勉力鎮定心神，把等一會芳子來了，想和她說的話，先想上一遍。可是他立即發現自己的思緒亂成了一團，根本不知道想對芳子說些什麼，那又令他更是焦急。

就在這種患得患失的情形下，他看到芳子走了進來。芳子換了服飾，是月白色的緞襖。在恍恍惚惚之中，宋自然張大了口，直到芳子來到了近前，他才道出了一句話來：「你不屬於這個世上。」

這句話聽來無頭無腦，可是芳子卻一聽就完全了解，她立時有了反應：「我當然是這世上的……和你一樣。」

宋自然有點手足無措，芳子吸了一口氣：「你和家母說了些什麼？」黃芳子的話，把宋自然自雜亂的思緒之中拉了出來。

(四)借屍還魂論曲詞

可是,當他想回答芳子的這個問題時,他又不禁苦笑,他竟然無從回答起。

因為,他和黃老太,究竟說了些什麼呢?當然說了不少話,可是細想起來,卻又什麼也沒有說過——一問起這屋子的資料來歷,黃老太的言行,就怪異得難以捉摸。

當下,宋自然想了一想,他索性把一切經過,照實說了出來。芳子聽得很是用心,不時秀眉緊蹙,這種神態,表示她並沒有和乃母見過面,並不知道宋自然和黃老太之間交談的經過。

等到宋自然說完,芳子竟有不知如何開口才好的窘態。她忽然說了一句,無論如何,和她的靈慧不相襯的掩飾話。她道:「人年紀大了,說話不免顛三倒四,你不必放在心上。」

那是極拙劣的掩飾，芳子自己也知道，所以說了之後，她就頰現紅暈，半轉過身去，神態嬌俏之至，令人悠然神往。

宋自然縱使本來略有嗔怪之意，此際自然也拋到了爪哇國。反倒生出了一股強烈的憐惜之意，忙道：「若是這屋子有什麼秘密，不便明宣，我再也不問就是。」

要他作出這樣的承諾來，可知芳子的感受，對他來說，是何等重要。

芳子用很理解的目光，望了宋自然一眼，輕輕嘆了一聲，她再一開口，話頭一轉，說的居然是全然風馬牛不相干的話題。

她說道：「元曲藝術，可是由於當時沒有錄音，所以至今，只有詞傳了下來，曲調竟完全失傳，變成了有詞無曲了。」

宋自然呆了一呆，才接上了：「何止元曲，宋詞也是唱的，可是如何唱，也失傳了。」

芳子眼波澄澈：「元曲宋詞的唱法失傳了，算不算它們已死了呢？」

宋自然又足足呆了好幾秒鐘，他雅愛文學，對元曲宋詞，也頗有心得，不是第一次和人討論。可是這時，他聽到芳子用「死了」這樣的語句加在曲、詞之上，他也不禁愕然。

要先有生命，才有死亡，若從藝術的角度來看，說元曲、宋詞各有其璀璨光輝的生命，自無不可。如果這樣說，那麼有詞無調，縱使不是死亡，也是死了一半，可是死亡又不能分成一半的。

宋自然覺得很是迷惑，而且，他也知道，芳子忽然話題一轉，和他討論起看來全然無干的事，一定大有深意，不會無緣無故。

偏偏他又無法料得中佳人的深意。若是面對尋常人，他乾脆說「不明白」就算了。但芳子在他心中的地位着實非同小可，他不想被芳子看不起，所以對芳子的問題，認真考慮。可是問題不着邊際之至，叫他根本不知從哪裏考慮起才好。

當宋自然說到這一部分時，白素向我望來，用眼色詢問我的意見，我搖頭，因為我也無法知道芳子這樣說，葫蘆裏不知賣的是什麼藥。

白素也蹙着眉，顯然她也沒有頭緒。

宋自然苦笑：「問題好像深奧得很，我實在不知如何回答才好。」

我悶哼了一聲：「最好的辦法，是請她直截了當地說，這位姑娘好打啞謎，你日後和她交往，會不勝其煩。」

宋自然嘆了一聲，他當時，在呆了十來秒之後，是這樣回答的：「你這種說法，可新鮮得很，嗯……不能說是『死了』，倒可以說是……失去了一半。」

芳子眸子閃動：「失去的是哪一半呢？用人的生命來說，失去的是身體呢？還是靈魂？」

宋自然再是一怔，這位俏女郎的話，越來越出人意表了——身體和靈魂，那是人才擁有的，可是他們現在在討論的，卻是元曲和宋詞。

宋自然只好道：「更新鮮了，嗯，可以說失去的是身體，也可以說失去的是靈魂——」

他說到這裏，忽然思路也如野馬奔馳，不受控制起來，他道：「死去的應該是身體，流傳下來的是靈魂。」

想不到他胡言亂語地這樣一說，竟令得芳子眼波流轉，大是興奮：「說得好，那正和我的想法一樣。」

宋自然受了稱讚，倒不知道如何說才好了，芳子又道：「我是學音樂的，我常想：調子失傳了，不要緊，調子本來就是人作的，不是天上掉下來的。前人所作的調子失傳了，為什麼不可以補作？」

宋自然手舞足蹈：「是啊，反正韵全在，要作新調，也不是難事，那樣，宋詞元曲都可以復活。」

芳子神情沉思：「正因為曲、詞的靈魂還在，所以，才能借屍還魂。」

宋自然暗中吞了一口口水，用「借屍還魂」現象來作譬喻，雖然悽厲，但也恰當之極。

宋自然心中一動，忙道：「你必然有傑作，請展示一二，洗耳恭聽。」芳子也不推辭，站起身來，翩然離去，宋自然正在不知所以間，已聽得「叮咚」的琴聲傳了出來，芳子自屏風後轉出，手中抱着一具瑤琴。

那琴看來甚是小巧，但形式奇古。宋自然一見，連忙把一張几搬動了一下，放在椅子之前，芳子坐了下來，撥動琴弦，琴音清越，可是忽然之間，音調一變，竟是柔膩無比，令人心神俱醉。

接着，她就曼聲唱：「鶯鶯燕燕春春，花花柳柳真真，事事風風韻韻，嬌嬌嫩嫩，停停當當人人。」

琴音配着歌聲，再加上曲調膩人，一曲唱罷，最後「人人」兩字，甜甜地在耳邊裊裊不絕，宋自然整個人，如飲醇醪，醉倒在椅子上，半晌作不得聲，渾然不知身在何處。過了好一會，他才舒了一口氣，出自肺腑地道：「喬夢符若有幸能聽到他的小令，被如此演繹，必然鼓舞萬分，興奮莫名。」

芳子所唱的這一首越調天淨沙，正是喬吉的名作，通首全用疊字，風光艷膩之至，經芳子曼聲一唱，朱唇輕啟之際，幾疑不是人世。

芳子受了讚賞，笑吟吟道：「請聽貫酸齋的清江引。」

曲調一變，變得明快閒適，恰如清風明月之下，有閒雲數片，冉冉飛來，迎風展襟，令人心胸大開，最後一句「醉袍袖舞嫌天地窄」，琴音未止，芳子已翩然起舞，舉手投足，狂而不輕，體態之優雅，難以想像，絕想不到人的肢體，可以有這樣動人的姿態。等到芳子一個盤旋，轉到了宋自然的面前，戛然凝止，亭亭玉立時，宋自然情不自禁，雙臂伸出去，想去輕撫她的腰肢。

可是芳子卻又立即飄然退了開去，一面道：「見笑了，今日困倦，怕會失儀，明日再敍。」

她說着，轉過了屏風，一閃不見。

那時，宋自然當然想去把她追回來，可是一切氣氛，包括宋自然的心情，全都在芳子的控制之下，雖然宋自然千萬個願望，都是想親近玉人，但芳子說「明日再敍」，他卻也不敢有違。

他就這樣怔怔地站着，耳際彷彿還有琴音歌聲，眼前彷彿還有舞姿倩影，鼻端彷彿仍有縷縷幽香，除卻「癡了」兩字之外，再也沒有別的字眼，可以形容他那時的情形。

宋自然在講到這一段的經歷之時，神情仍然陶醉之至，那種悠然神往之情，真是難以形容。

我心中在想：宋自然在這次和芳子的會面交談，所得比他和黃老太的對話更少——對那房子的資料，一無所獲，而且芳子根本控制了他的情緒，他變成了一個由人擺弄的傻瓜。

一想到這裏，我至少得出了一個結論：黃芳子的諸般造作，是要引得宋自然在一個無形的陷阱之中，越陷越深，直到完全由她擺佈為止！

而且，黃芳子這個美女，必然是引人入彀的專家，三兩下手勢，宋自然便已經一頭栽進去了！

雖然宋自然形容出來的畫面如此艷麗高雅，可是我卻感到了它的醜惡的一面！

白素顯然也想到了這一點，因為當我面色一沉，想說話時，白素阻止了我——她不想我太快地破壞宋自然甜蜜的回味。

宋自然忽然長嘆一聲：「第二天，我醒來，沒見到芳子，我又要到公司去，回來時已是傍晚。」

宋自然一回來，先奔到屋後，一看到腳踏車並不在牆邊，他的心就向下一沉，回房洗了一個臉，來到飯廳，菜肴精致，可是他無心進食——事實上，一整天他在公司，也魂不守舍，他想等芳子回來，和她一起進食。

可是等了好一會，卻只見黃老太像魅影一樣閃了進來，對宋自然道：「你在等芳子？別等了，她有事到外埠，要明天午夜，才能回來。」

宋自然一聽，簡直如同當頭着了一棒，一時之間，呆住了則聲不得，雖然匆匆扒飯，可是食而不知其味，黃老太話一說完，飄然退開去，根本不等宋自然發問。

宋自然在這一晚，自然是輾轉反側，睡不安枕的了。

宋自然說着，我在心中計算，他曾說，他在那屋子中，耽了三天兩小時半。

他到的時候是午夜，第二次見芳子是在第一天，芳子要離開兩天，也就是說，芳子在第三天午夜回來之後，約兩小時，宋自然也離開了。

那也就是說，重要的變化，發生在芳子回來之後的兩小時之內。

我提醒宋自然：「別說其他，單說芳子回來之後的事好了，我相信那才是關鍵性的！」

宋自然點頭表示同意，但還是說了不少他在等芳子出現時，如何度日如年的心境。

芳子確然是午夜時分回來的。

在芳子離開的兩天中，宋自然雖然心亂如麻，可是也想了不少事，約莫理出了一些頭緒了，至少，他可以肯定，他能進入這屋子，絕非偶然。

那天，他只見了黃老太一面，那使他更進一步感到，這對母女之間，情形很有點古怪，幾乎和那座屋子一樣的神秘。

黃老太作為一個母親，對她女兒芳子的關心，實在太不相襯了。

像這晚上，芳子離家幾天，就算是午夜時分才回來，作母親的，也應該等一等才是。可是在接近午夜時分，在大門口，等芳子歸來的，只有宋自然一人。

宋自然從公司回來之後，試圖與黃老太接觸，可是她不在佛堂。在進食了照例精致的飯菜之後，宋自然也犯了勁，心想屋子再大，也非得將她找出來不可。不然，黃老太簡直像幽靈一樣，神出鬼沒，神秘的氣氛越來越甚，住着也不舒服。

他當真一間一間房間去找，遇有推不開的房門，他就把耳朵貼在門上去聽。

他對那屋子可以說已相當熟悉了，他知道有好幾間房間一直是鎖着的，他準備在適當的時候提出來，請主人打開這些房間。

他也知道，在這些鎖着的房間之中，包括了黃芳子的閨房在內。他既然對黃芳子心儀萬分，當然也對她的閨房充滿了幻想，想像能有一日，和玉人在閨房之中，耳鬢廝磨，享受那心醉的溫柔。

在所有可以推得開的門後，都沒發現有人，但是在一扇推不開的門上，他卻有了發現。

他先是推不開門，接着，他依稀聽得門內有人聲傳出，所以，他就把耳朵貼了上去——這樣的行動、情狀雖然難看，但是很能達到竊聽之效果。

他聽到了黃老太在講話，大多數話都聽不清楚，只有一兩句，由於黃老太是提高聲音來說的，所以可以聽得出她在說些什麼。

由於宋自然可以肯定，黃老太必然是獨處，不會有人和她在一起。所以，在一聽到語聲，又聽不清她在說些什麼的情形下，宋自然以為她是在自言自語。

可是，在聽清楚了一兩句話之後，自言自語這個假設，顯然難以成立了。

他聽到的話，其實只有一句半。

一句是：「既然如此，我沒有意見，服從決定。」

那半句是：「她的意思是，整件事都不應該——」

「都不應該」怎麼樣，當時由於宋自然實在感到太意外了，所以一個分神，就沒有聽清楚。

再接下來，全是壓低了聲音說的，宋自然身在門外，就再也聽不清楚了。

宋自然在聽到了那一句半話之後，感到驚訝，感到意外，是情理之中的事。

因為那一句半話的口氣，全然不像是一個家居的老婦人的口吻，黃老太在佛堂敲木魚，又會烹調可口的菜肴，完全是傳統的家庭主婦，那一句半話，究竟確切的內容是什麼，他一無所知，但是口吻不應是家庭婦女所有，卻可以肯定。

而且，那一句半話，也可以肯定不是獨語，而是對話，那麼，她是和什麼人在對話呢？

屋子中若是忽然多了一個人，那也夠神秘的了。如果並沒有其他人，這屋子中又絕無可能有電話，那麼黃老太就是利用無線電話在和人通話了！

這更是匪夷所思了，雖然在一些進步的城市之中，無線電話的應用已十分普遍，但以黃老太的身分，在這個小城市中，使用罕有的無線電話，這豈不是太難以想像了麼？一時之間，宋自然只覺得腦中「嗡嗡」亂響，他揚起手來，想去叩門，但接着一想，自己這樣偷聽，終究不是光明正大的行為，所以他急急後退了幾步，才大聲叫道：「黃老太，你在哪裏？」

他一面叫，一面向前走，到了那門前，一直向前走的時候，他不住敲着所有經過的門。

他還未曾敲到那扇門，門就打了開來。

只見黃老太寒着一張臉，宋自然趁機向裏面看了一眼，那是一間小房間，陳設簡單，一目了然，並沒有別的人在內。

黃老太冷冷地問：「什麼事？」

宋自然那時，尷尬忸怩之情，倒不是偽裝出來的，他問：「芳子……今晚回來？」

黃老太甚至懶得回答，只是「嗯」了一聲，身子一縮，便又把門關上了。

宋自然道：「當時我在門外又站了一會，那感覺，就像是自己處身在一座魔宮之中一樣。」

我聽了「哈哈」一笑：「那麼，那美女當然也變成了魔宮的魔女，不再是天上的仙女了。」

宋自然聽了我的調侃，垂頭不語，白素瞪了我一眼，怪我不應該開這種玩笑。

我為自己辯護：「這兩母女，神神秘秘，必有不可告人之秘密，而且，她們的身分，也值得懷疑。」

白素忽然問：「你估計她們是什麼身分？」

對這個問題，宋自然也有興趣之極，他立刻抬起了頭來望向我。

我略想了一想：「我還沒有確切的概念，但是那屋子既然珍罕無比，是國寶級的古文物，她們居然可以住在裏面，那身分當然不是普通老百姓了，在那個一切都屬於『國家』的環境之中，她們的身分，其實也可想而知。」

我是根據宋自然的敍述在分析這神秘兩母女的身分，我一面說着，一面在白素的眼神之中，得到她認可我意見的訊息。

可是我卻沒有料到，宋自然的反應，會如此強烈。他在聽了我的話之後，面色發白，甚至身子有點發顫。我說完了之後，注視着他。好一會，他才長長地吁了一口氣，接着，又嘆了一聲。

他的這種神情，顯示事情後來又有意料不到的發展。我問了一句：「怎麼樣，我的分析可以成立？」

宋自然再嘆了一聲，欲語又止，然後道：「還是由我順序說下去好。」

我和白素看得出，事情還有很大的蹺蹊在，不讓他順序説，會打亂他的思緒。

這兩母女大是古怪是可以肯定的了，現在要進一步弄清楚的是她們的古怪到了什麼程度。

宋自然也想到了這點，所以，當接近午夜時分，他在門口等芳子回來時，已想好了很多問題要問芳子。甚至自己告訴自己，責問的口氣不妨嚴厲一點，因為太多的跡象，表示她們是早有安排的。

可是，等到看到芳子以那個美妙的姿態下了車，迎着他走過來時，他整顆心都溶化了，覺得這樣的美女，就算是命令自己掘一個陷阱，再命令自己跳下去，也應該理所當然，聽她的命令。

他也迎了上去，芳子的雙眼之中，恍惚有着歉意，竟是她先提起：「你都知道了？」

宋自然搖頭：「不，我什麼也不知道，只覺得事情古怪之至，四周圍都是謎團。」

在聽到了那一句半話之後，宋自然的確已完全跌進了謎團之中，他當然希望芳子能解開這些謎團，所以他又補充了一句：「在謎團之中撞來撞去，並不是一件愉快的事情，所以——」

芳子在這時，卻輕快地笑了起來，她的笑聲輕盈誘人，她道：「豈止不愉快，簡直難過之極。來，進去，我有話對你說。」

放好了腳踏車，像宋自然初來的時候一樣，進了客廳，芳子先告辭一會，才換了衣服，帶着一股幽香，飄然來到了宋自然面前。

我聽到這裏，心中算了一下，那時，已過了午夜。宋自然在那屋中逗留的時間是三天兩小時半，那等於是他和芳子那次談話完畢，他就立刻離開了。

我吸了一口氣，並沒有打岔。

宋自然在柔和的燈光下，看着玉人冉然而來，甚想張開雙臂，把她擁在懷中。

芳子來到了離宋自然相當近處，那是一個對一雙陌生男女來說太近了些，但是對一雙有情意的男女來說又太遠了一些的微妙距離。

宋自然心跳加劇，芳子先開口：「你一定有許多話要問我。」

宋自然的喉間，發出了一陣古怪的聲音，他確然有許多話要問，可是不知從何問起才好。

芳子接下來的話，又說中了他的心事：「你不知從何問起才好？我也有許多話要告訴你，可是也不知從何說起才好。」

宋自然望着芳子的俏臉，心中一片惘然，腦中渾渾噩噩，實在不知道在想些什麼。

芳子半側過身去，略垂下頭：「有一件事，是一定要向你說明白的。」她的側面本來就極好看，再加上她略垂首，長髮瀉向一邊，露出白玉也似的一截頸子，更散發着無可抗拒的異性誘惑。

宋自然「唔」了一聲：「說不說都……不打緊。」

芳子轉回身來，伸手在宋自然的肩頭上，輕輕推了一下，宋自然如同遭了電殛一樣，身子不由自主，跳動了一下，芳子咬了咬下唇，道：「你到這屋子來，是經過精心安排的。」

宋自然勉力定了定神，芳子的話，並不令他特別意外，他早已隱約感到過這一點。這時，芳子親口證實了，反使他鎮定了下來，他吸了一口氣：「為什麼？」

芳子沒有立時回答，而是走開了幾步，坐了下來。

（五）超級的怪異

芳子的人，像是充滿了巨大的吸力，宋自然跟着走過去，也坐了下來。

他等到了答案：「因為企圖通過你，請動一個人，來和我們會面。」

宋自然並不笨，他和黃老太的交談，使他已有了一些設想，所以他這時衝口而出：「衞斯理。」

芳子吸了一口氣：「是。」

宋自然的心情，複雜之至，他被利用了，這當然有傷他的自尊，可是，若不是有人利用他，他又沒有機緣認識黃芳子，而認識了黃芳子，又是他認為一生之中最大的幸事，所以心情矛盾之極。

他呆了一會：「為什麼你不直接去找他？」

芳子的回答再簡單也沒有：「我們請不動他，他不會來。」

宋自然用力搖了一下頭：「他是一個有原則的人，若是你請不動他，我也一樣請不動。」

芳子道：「你可以向他動之以情，一定要請他來一次，他或許肯來。」

宋自然道：「請給我一個理由。」

芳子道：「在這屋子中，有一些神秘莫測的事，相信他能研究出一個結果來。」

宋自然道：「他見過、經歷過的神秘事太多了——在這屋子中有什麼神秘？」。

芳子道：「那只能等衛斯理來了再說。」

宋自然雙手一攤：「他不會來，我甚至不會去對他說。」

芳子緩緩站了起來，也雙手一攤，神情很是哀怨：「那麼，也沒有辦法，宋先生，從現在起，你也不會再見到我了。」

宋自然像是被戳了一刀，尖叫起來：「什麼？」

芳子把話重覆了一遍，補充：「如果你去看看衛斯理，把一切告訴他，或許他能把我們永遠不能再相見的原因告訴你——如果他真像你說的那樣神通廣大的話。」

宋自然覆述了芳子的話之後，定定地向我望來——芳子說我可能知道宋自然再不能和她見面的原因。他顯然想知道是為了什麼。

我的第一個反應是：「胡說八道之至，我怎麼會知道你們為什麼不能見面的原因。」

可是，轉念之間，我陡然腦際靈光一閃，想起了一些事來，我不由自主，發出了「啊」地一聲，整個人彈了起來。

我先向白素看去，看到白素皺着眉，也回望我，我知道她已想到了。

宋自然焦切之至，連聲問：「為什麼？為什麼我永遠不能見她？」

我長長吸了一口氣：「這……等一等再說，你先說下去，後來情形怎麼樣？」

宋自然沮喪之極：「還有什麼『後來情形怎麼樣』，她說完了這句話，轉身就走，神情哀怨之至，我追到她房門口，她已關上了門，隨便我怎麼拍門，她都沒有開門，也不出聲，我……我在門口站了很久，彷彿聽到她的啜泣聲，那真叫人心碎……」

那確然令宋自然心碎，宋自然在門口站了很久，心想，除了硬着頭皮去找衞斯理之外，只怕沒有別的辦法了。

他隔着門高叫：「芳子，我這就去找衞斯理，死活也要把他請來，我不能永遠不見你。」

聽宋自然一面喘着氣，一面說到這裏，我和白素，不由自主，都嘆了一口氣：「黃芳子的手段太高強了。」

雖然專業知識豐富，但是在人情世故上並不擅於應變的宋自然，一上來就被她玩弄於股掌之上。她要操縱宋自然，其輕易的程度，恰如上海所說的「三隻指頭捏田螺，十拿十穩」。

宋自然果然認為事情和他的「終身幸福」有關了。

這個本名黃蟬，又名芳子的絕色俏佳人，堪稱武林中的絕頂高手，而宋自然只不過是一個三歲娃娃。

只不過，芳子弄錯了一點，宋自然雖然已完全成了她的俘虜，來向我「動之以情」，我卻由於已猜到了她的來歷，而有了主意。

宋自然停了下來，沒有再說什麼，只是望定了我。他那用意可以通過他的眼神表達出來，他在求我去見一見黃芳子，要不然，他就再也見不到黃芳子了。

我先向白素望去，徵詢她的意見，而從她的神情上，我可以知道，白素和我心意一致。

所以，我先吸了一口氣，伸手按在宋自然的肩頭上，用很誠懇的聲音道：「我只說一遍，而且希望你完全照我的話去做，那才和你終生幸福有關。」

白素立時應聲：「我也是這個意思。」

宋自然口唇掀動，欲語又止，我也明知，我說的話，他決不會聽，但還是非說不可。而且，我估計黃芳子所說的「宋自然再也見不着她」，並不是空言恫嚇，而是真的。那麼，宋自然會有一個時期傷心欲絕，慢慢地，時間就能治癒心靈上的創傷。

我一字一頓地，用少有的嚴肅態度，說出了以下的一番話：「自然，不需再回那城市去，把一切經過，都當作是一場夢，夢醒了，最好是把夢中發生的一切，全都忘記。真是忘不了，也不可企圖把夢境化為現實，別讓一個虛幻的夢境毀壞了自己。」

我的話一開始，宋自然就大為震動，但他總算強忍着，等我把話說完。

他雙眼睜得極大，面色鐵青，額上的血管，可怕的凸起來。

他沒有說「不」，只是聲如悶雷地問：「為什麼？」

我也悶哼了一聲：「那個俏佳人，她在向你說及她本名時，其實已經表明了她的身分，這是她藝高人膽大，在一個圈套之中，還要表示自己的高手風範。」

宋自然駭異莫名：「她……她的本名是怪了些……可那怎麼啦？」

我的聲音更低沉：「你沒有留意原振俠醫生的經歷，一點也不知道亞洲之鷹的傳奇故事？」

我這句話一出口，宋自然陡地站了起來，張大了口，一句話也說不出來，我和白素同時向他點頭，回答了他心中的疑問。

宋自然當然知道原振俠醫生的經歷和亞洲之鷹的傳奇故事，他是溫寶裕的舅父，舅甥二人感情很好，就算他沒有興趣，溫寶裕也會逐件說給他聽。何況這兩個傳奇人物的經歷，都曲折離奇，引人入勝。

所以，他知道我何所指了——任何人，只要接觸過原振俠醫生的經歷，或是亞洲之鷹傳奇的，也都可以知道我何所指了。

有一個強大的政權，在它的軍事情報系統之中，有一組自出生就受訓練的特別任務執行者，執行者都是女性，人人本領高強，近乎無所不能，她們的身分極高，每一個人都有將軍銜，她們受過各種各樣的訓練，其中的一個，甚至在體內被植入核武器，而發動這核武器，由她的意念控制。

在傳奇故事之中已出現過的，屬於這一組的奇女子，有海棠（經過痛下決心的過程，變成了外星人）、柳絮（拆除了體內的核裝置，擺脫了人形工具的命運）、水紅（最小的一個，如神龍見首，不知所終）等。

這十二個人的名字，都是現成的花卉名字，而這種花卉的第一個字，又必定是中國人固有的姓氏。

宋自然臉上的肌肉，抽搐了好一會，他才用發顫的聲音道：「我不知道有一種花……叫做『黃蟬』。」

白素道：「那是一種很普通的花，花朵艷黃，有硬枝的品種和軟枝攀藤的品種之分，夏季開花時，需要大量的水分。」

芳子的身分，確實能令人震撼，宋自然好一會都沒有恢復過來，直到我給了他一杯酒，他一口喝了之後，才算是定下神來。

他的臉上，充滿了疑問——事實上，我的心中，也充滿了疑問，只不過我並不想去解答這些疑問，因為我對黃蟬那種身分的人，毫無興趣，絕不想沾上任何關係。

所以，不等宋自然開口，我就大聲而堅決地道：「別向我提任何問題，我不知道如何回答，就算知道，也不想提起，你請吧，我剛才的一番話，望你記得。」

宋自然對我的逐客令置若罔聞，只是怔怔地站着，失魂落魄之至。

就在這時候，忽然門外傳來「啊哈」一聲怪叫，我的小朋友大踏步走將進來——他在進來時，所用的步法，仿效了京劇演員出場時的姿態，而且在口中發出鑼鼓的聲音。雖然出現的只是他一個人，可是熱鬧無比。

（我的小朋友溫寶裕，在我的故事之中，大家自然對他熟悉之至。一看到溫寶裕出場，大家或許會問：紅綾呢？我的女兒紅綾呢，自她出現之後，也成了重要的角色，少不了她的分兒。但是在這個故事發生的時候，她卻並沒有和我們在一起。）

（紅綾在這段時間內，另有怪異的經歷。）

（在「許願」這個故事中，還有一些謎團未能解釋得開，紅綾的奇遇，正和那些謎團有關。）

（我覺得在有關「陰間」的謎團中，糾纏太久了——雖然這個有關生死奧秘的大謎團引人入勝之至，但既然另有故事可供記述，也就不妨暫時擱一擱，何況這個故事，從另一個角度來看生命的奧秘，一樣奇趣無窮。）

溫寶裕一進來，並沒有留意宋自然（他正呆若木鷄地站着），卻向我一拱手，開口用京戲道白叫我：「嫂娘。」

管我叫「嫂娘」，看來有點像他得了神經病，我卻知道他必有所圖，在當時那種情形下，我沒心情和他玩遊戲，所以大是不耐煩，喝道：「又有什麼花樣？」

溫寶裕拉長了聲音，又叫了一聲：「嫂娘啊。」

然後，他向我一拱手：「請問，我該是什麼人？」

我悶哼一聲：「你是赤桑鎮中的包拯，才殺了你的侄子包勉，包勉的母親，自小將你撫養大的嫂子，大興問罪之師來了。」

溫寶裕縮了縮頭，吐了吐舌，發出「嘖嘖」的聲響，這時，他才看見了宋自然。

別看溫寶裕胡鬧誇張，可是他的觀察力倒很強。他先「咦」了一聲，見宋自然沒有反應，就一下子跳到了他的面前，伸手在他面前晃了晃。

宋自然依然沒有反應，溫寶裕回過頭來叫：「不得了，我舅舅失戀了。」

他可能只是開玩笑，可是倒也一語中的。我嘆了一聲：「只怕三五個月，恢復不了。」

溫寶裕側起了頭，大發議論：「愛情最是奇妙，你愛一個人，這個人偏不愛你。一個人愛你，你又偏不愛那個人，唉！」

溫寶裕用一聲長嘆結束了他的偉論，宋自然竟然受到了感染，也發出了一聲長嘆，向我一指：「小寶，我愛她，她也愛我，只是他不肯幫忙。」

溫寶裕一聽，大是驚訝，向我望來，臉部肌肉的每一個細胞，都在發出疑問。

我冷笑一聲：「別造你的春秋大夢了，人家是什麼身分，會愛你？」宋自然面色慘白，不則聲。溫寶裕在一旁，大表不平，哇哇叫着：「這話有點欺侮人，我舅舅怎麼了，配不上什麼人？」

我懶得和他多囉唣，向白素道：「是你說『另作別論』，還把事情包攬上身的，你去管吧。」

我說着，擺手向樓上就走，小寶想過來拉我，我已經躍上了樓梯，小寶倒也乖巧，他立時向宋自然問：「是哪一國的公主？」

我在推開書房門的時候，聽到了溫寶裕的這句話，大聲打了一個「哈哈」，進了書房，關上了門。

我坐下來之際，慢慢地喝着酒，又把宋自然所說的一切，迅速而詳細地想了一遍。

最令人費解的是，黃蟬要找我，由於她的特殊身分，可以肯定必然不是她自己的主意，而是上頭有命令下來，要她執行。

因此可知，事情一定很大，不會是雞毛蒜皮的小事，也可以想像事情一定怪異莫名。不然，以他們的力量，翻江倒海都可以做到，還會有什麼要我做的？正由於我以擁有眾多的怪異經歷而著名，所以，一有了怪異莫名的事，就自然而然會想起我來。

我更可以進一步推斷，那怪異一定是超級的，而不是普通的。

正因為是超級的怪異，所以才出動到黃蟬這樣的頂級人物，轉彎抹角，大動干戈，希望我能出馬。

一想到這裏，好奇心像是化作了萬千螞蟻，在我身內，到處亂爬，心癢難熬，幾乎要一躍而起：「去就去。」

但是，我已不再年輕，也就不那麼衝動，一想到這件事，要是沾上了關係，以後可能會有不少麻煩，也就只好長嘆一聲，大口吞了一口酒，希望把好奇心壓下去。

就在這時，書桌的一個抽屜之中傳來了電話聲——那是一個極少人知道號碼的電話，我拉開了抽屜，拿起電話，就聽到一個很是粗豪的聲音：「衛斯理。」

我「嗯」了一聲，那邊傳來的聲音，全然是我在一秒鐘之前，再也想不到的，那粗豪的聲音道：「我是鷹，亞洲之鷹，羅開。」

我大叫一聲：「真想不到，你好！」

我和亞洲之鷹，看起來好像是極熟的熟朋友一樣，但其實，我們只有在相當久之前，匆匆見過一面而已，其至連交談也沒有。

但我們都互相知道對方在做些什麼，也各自了解對方的為人，堪稱莫逆。

若干年前，他曾托人帶了一隻來自陰間的盒子給我，通過那隻盒子，可以和陰間主人聯繫，也可以使人的靈魂離體，神妙之至，是曾到過陽世的「陰間三寶」之一，由此也衍化出了許多古怪的故事來。

我不記得曾把這個電話號碼給他，當然想不到他會打電話給我。

羅開說話很爽快：「康維十七世給了我這個電話，衛，我有一件事請你幫忙。」

老實說，雖然我自己也不是等閒人物，可是一聽得鷹這樣說，我也不禁飄飄然。

所以我連半秒鐘也沒有考慮：「好，什麼事，請說。」

羅開道：「我的一個小妹妹，她的一個姐姐，想會晤閣下。」

我怔了一怔，這不是太迂迴曲折了嗎？我問：「你那小妹妹是誰？」

鷹答：「水紅。」

我吸了一口氣：「鷹，小妹妹的姐姐叫黃蟬，她真是神通廣大，竟然找到你老人家來幫她說情。」

我話中的不滿意，誰都可以聽得出來，羅開在那邊哈哈大笑，他接下來的話，顯然不是對我說的，他在道：「你看看，人家一下可就把你們的來歷弄得一清二楚了。我早說過，不要我去碰釘子，現在怎麼辦？」

這番話，他顯然是對他身邊的什麼人說的。接着，便是一個十分嬌甜的聲音：「衛先生並沒有拒絕麼？」

羅開苦笑道：「還要正式拒絕嗎？」

我聽到這裏，大喝一聲：「是水紅嗎？」

那嬌柔的聲音立刻道：「是，在。」

我吸了一口氣：「聽原振俠醫生說過，你早已脫離那『無間地獄』了。」

我把她原來隸屬的那個龐大勢力的組織，稱之為「無間地獄」，大有出典，熟悉原振俠醫生故事的，都可以知道這位水紅姑娘真是伶牙俐齒之至，她立刻道：「正因為自己脫離了，所以也想和自己一起長大的姐姐也有脫離的機會。」

我再悶哼：「你自己經歷過，該知道那是多麼困難。」

水紅的聲音仍然嬌嫩，可是語意堅定無比：「當然困難，可是不等於做不到，柳絮大姐做到了，海棠姐姐做到了，我做到了，黃蟬姐姐也就可以做得到。」

我沒好氣：「我去見她，就能使她脫離組織？」

水紅一字一頓：「至少有了開始——衛先生，有一件怪事，一直以來，無法解決，如果黃蟬姐姐解決了這件事，那麼，事情就有轉機。」

我本來還想問下去，可是陡然想起，我已在不知不覺之中，陷進去了，再要多問，只怕會脫不了身。

所以，我立刻改變了話題：「你那黃蟬姐姐的手段十分卑劣，她竟然利用美色，令得一個純情青年，對她癡迷，跌入明知沒有結果的引誘之中。」

水紅低嘆了一聲：「衛先生，你雖然神通廣大，但是我不認為你有能力預知一雙男女之間的感情發展。」

我大喝一聲：「你以為宋自然有可能和黃蟬結合？」

水紅道：「你動氣了，衛先生，也沒有人可以保證相戀的男女一定可以結合的。」

我壓低了聲音：「他們根本不是相戀的男女。」

水紅的反應快絕：「衞先生，你是代表男方呢，還是代表女方呢？」

我不禁怔了一怔，不得不承認：「哪一方都不代表。」

羅開的縱笑聲傳來：「衞，我這小妹妹，口齒伶俐得很吧。」

我也「哈哈」一笑：「豈止伶俐得很，簡直天下無雙，所以我已決定如下：本來，鷹你有事情來找我，我再不情願，也要出手。現在這位小妹妹既然那麼聰明伶俐，就請她運用她的智慧來使我出馬。」

我這幾句話一出口，那邊聲響寂然。我補充：「鷹，我知道你不會怪我，當然，要是小妹妹經不起這樣的挑戰，可以當她剛才完全沒有開過口。」

我的話講完，就聽得羅開在問：「小水紅，你怎麼説？明白衞斯理的話了麼？」

水紅先低聲説了一句：「明白了。」

接着，聽到了明顯的吸氣聲，水紅接受了我的挑戰：「衛先生，你既然劃下了道兒來，小女子只有悉聽尊命，努力以赴了。」

我聽她說得有趣，況且我打定了主意不去，又可以算並沒有推托羅開的要求，水紅要是真有本領說得動我，那是她的本事，我也無話可說了。

我一面笑，一面道：「好，一言為定。」

羅開也笑了一下：「衛，別太大意，小水紅古靈精怪，花樣極多。」

我很認真地道：「謝謝你提醒，你現在在什麼地方？」

羅開道：「在康維十七世的古堡中，衛，我略知道一些那木頭房子的事——」

羅開說到這裏，水紅叫了起來：「大鷹，別說，說了倒像你在幫我，顯不出我的能耐了。」

我心內暗叫了一聲「可惡」，因為這一來，只有更引發我的好奇心，羅開明在幫她的忙，水紅卻還要得了便宜賣乖，來個不認帳。

我笑了兩聲，已經下了決心，決不受引誘，放下了電話，想起無風起浪，忽然又生出了這樣的事來，也可說是有趣得很。

我又喝了一會酒，沒聽到下面有什麼動靜，就打開了書房的門，只見白素正走上樓來，宋自然和溫寶裕卻已經不在了。

我問：「失戀先生怎麼肯走了？」

白素有點不滿：「我說了『另作別論』，把事情攬了下來，沒你的事了。」

我聳了聳肩，表示這樣最好，又把羅開和水紅的電話，告訴了白素。白素似笑非笑望着我，我拍着心口，表示什麼都可以應付。

（六）樹神和神木居

白素也聳了聳肩，表示這樣最好。

我們沒有再就這件事討論什麼，出乎我意料之外，接下來一連三天，都是如此，好像什麼也沒有發生過一樣。

我雖然沒有說什麼，可是一直在想已發生過的事，越想越覺得怪，也更加心癢難熬。

第四天，我打電話給郭大偵探小郭：「這次，不是托你查一個人，是要查一幢房子。」

我托小郭去查，不單是為了滿足好奇心。我知道，水紅一定不會就此干休，必然會找上門來，我對那屋子先有了解，要應付起來，也有利得多。

小郭和我在一起太久了，知道在我的身上，什麼稀奇古怪的事都有可能發生，所以也見怪不怪，只是循例問：「那房子座落何處？」

我說了那個城市，小郭遲疑了一下，才道：「在那種地方，要打聽什麼，比較困難，可是也可以辦得成。」

我再把那屋子的特點向他說了，最後叮囑：「越快越好，派能幹的人去。」

小郭倒真夠朋友，他在我的語氣之中，聽出了事關重大，所以竟是親自出馬的——近年來，他已很少親自去調查什麼了。

第二天，小郭就回來了，他親自來找我。

附帶說一句，在這一天，水紅那方面，仍然一點動靜也沒有，我也沒問白素宋自然怎麼樣了。

小郭來的時候，神情很是古怪，他一坐下來，就嚷着要酒，我給了他一杯，他一飲而盡，就道：「那屋子古怪之極，據說，建於元朝，是一個大官或甚至是皇帝下令建造的，正確的歷史已難以查考了。」

我揚了揚眉：「這樣的屋子，沒有理由成為民居吧。」

小郭大聲叫了起來：「當然不是民居，那是國家特級保護重點，決不對外開放，只有部長級以上的人員才能提出申請參觀，還要一個特別委員會的批准。」

我吸了一口氣，黃蟬的地位高，她本身就有可能是那個委員會的成員，所以才能利用這屋子，來使宋自然進入她的圈套之中。

小郭又道：「這個委員會的首任主任，是一位將軍，也就是那個城市，在政權交替時最初的軍事管制委員會的主任，他是一個名將，這座城市就是在他的指揮下攻下來的，你看這事是不是有點怪？」

我沒有說什麼，只是望定了小郭。

小郭解釋他何以認為「怪」：「這屋子再珍貴，似乎也不必那麼大陣仗。我再追查下去，發現屋子在政權交替之前，也受到特別保護——有一個憲兵連作警衛。改朝換代之後，也是一樣。」

他頓了一頓才問：「這屋子，究竟有什麼古怪，有什麼秘密？」

我瞪了他一眼：「這正是我要問你的問題。」

小郭苦笑：「我算是盡了力了，可是一提起這屋子，人人搖頭，事情一定涉及重大的秘密，知道的人極少，而且嚴格禁止人們談論。」

他說了之後，又補充：「沒有官方的關係，想知道提取秘密，絕無可能。」

我仍然不出聲，小郭再補充：「在那個環境中，刺探國家機密是殺頭的大罪。」

我搖了搖頭：「你越描越黑，乾脆說你一無所得，不是好得多？」

小郭的神情尷尬：「我已不是一無所獲，我認識了一個住在那屋子中的人。」

我立時直了直身子——若是小郭此行，認識了黃蟬，或是那位黃老太，那也不失是收穫。

可是接下來，小郭的話，卻令我大失所望。他道：「那是一個叫宋自然的建築師。」

我嘆了一聲：「人去樓空了，他還在那屋子中幹嗎？」

此言一出，小郭以極度怪異的目光，望定了我，過了好一會，才道：「你怎麼知道——人去樓空。他終日都在醉鄉中，口中唸唸有詞，說來說去，就是『人去樓空』或類似的話。」

我心中暗罵了一聲「可惡」——這也是我憎厭黃蟬和她的同類的原因之一，那一類人，為了達到目的，可以不擇手段，可以無所不為，可以肆無忌憚地去傷害他人，甚至禍及無辜。

像宋自然，好好的生活，就由於黃蟬要利用他，而被破壞無遺，變成了終日在醉鄉自怨自艾了。

我伸手在小郭的面前晃了晃：「你以為我為什麼叫你去查那屋子的？那個宋自然——」

接着，我就把宋自然和那屋子發生關係的經過，以及我推斷的黃蟬的特殊身分，向小郭說了一遍。

小郭這個人，能在他的偵探業務上取得如此巨大的成就，是有道理的——他永遠有接受任何挑戰的勇氣。要是換了別人，一聽得對方來頭如此之大，一定來不及打退堂鼓了。

可是，小郭在聽我敍述時，一面頻頻吸氣，而且現出驚懼的神情。但等我講完之後，他卻一挺胸，伸手在心口上拍了幾下——並非表示勇氣，而是在叫自己不要害怕，而他說的話卻與他的神態相反：「好，既然事關如此高級的情報人員，我更要把這屋子的秘密找出來，你再給我三天。」

那令我很感動，我拍着他的肩頭：「小心點，在那種地方，如果你嘟噥入獄，不但我救不了你，你也有可能永遠在人間消失。」

小郭很認真地點了點頭，他想了一想：「衞，你為什麼拒絕和黃蟬見面？一見了她，她必然會向你和盤托出那屋子的秘密。」

我早料到他必有此一問，所以立刻回答：「若是這樣，怎顯得出你我的手段？主動或被動，你選擇哪一樣？」

小郭豪氣干雲：「說得好！」

他用力一揮手，大踏步走了出去。在他走了之後，我一面喝酒，一面心中在想，宋自然在黃蟬的心目之中，已成了沒有利用價值的了（利用過，失敗了），為什麼還允許他住在那屋子中？」

黃蟬當然不會和宋自然談戀愛，可是宋自然卻已一頭栽了進去，難以自拔了，有什麼方法，可以先把宋自然拉出來呢？

我想到了宋自然的姐姐，溫寶裕的母親，這位大胖女人，有着唯我獨尊的自信，由她出馬，是不是可以令宋自然迷途知返呢？

可是我才想了一想，眼前就浮現出溫媽媽在那珍罕無比的屋子中，大吵大鬧的情形，不由自主，打了一個寒顫，就打消了這個念頭。

我想派溫寶裕去，又怕他不知天高地厚，會闖大禍，想來想去，只好先等小郭三天再說。青年人失戀之初，終日以酒澆愁，是普遍現象，絕少人因此會蹉跎終生的，似乎不必過慮了。

我沒有等足三天，第二天，就有一個信差，給我送來了一隻大信封，信封上除了我的名字之外，還有一個「郭」字。

我一看，那是小郭給我送資料來了，急不及待打開，厚厚的一疊文件，有古有今，略為一翻，就令我喜出望外，小郭雖然不在，但我也不禁一掌拍在桌上，脫口而出：「小郭，你真行！」

那一疊資料，全是有關那屋子的，而且有很多還是原始資料，真不知小郭是怎麼找得來的。

如果把所有資料原文照抄，那是很沉悶的，當天，我化了足足一個下午把所有資料看完，經過了歸納組織之後，對那屋子的來龍去脈，就有了相當程度的了解，由我摘要覆述出來，就有趣得多。

資料的完整性，很是叫人難以想像，它們之中，甚至包括了當年運輸木料、交割貨物的單據在內，年份最早的是一張建造者收到木商交來「上好檀木柱，每根長六尺，徑六寸，共六十六根正」的收條，日期寫的是：「至正九年元月初九」。

同樣的收據或相類似的文件，共有超過十件——這些文件的本身，已是罕有之至的文物，經我手的當然全是複印件，原件不知藏在什麼博物館中，我一面看，一面又不住稱讚小郭，連這種資料都找得到，真是神通廣大之極。

在那類文件上，都有蓋印，印長方形，刻的都是蒙古文字，在印旁，也有花押，看來也是蒙古文（蒙古人的簽名）——那不足為奇，因為「至正」是元順帝的年號，至正九年，是公元一三四九年，天下大亂還未開始，小亂已經形成，是金毛獅王縱橫江湖，張三峰祖師武功大有所成的年代。

那年頭，蒙古人當皇帝，在應用文件上出現蒙古文字，再自然不過。

我對蒙文所知不多，所以立刻去請教專家——當然那是我看完了全部資料之後的事，為了敘述的方便，把以後的事提前來說，容易明白。

專家一看了我拿去的複印件，就大吃了一驚，迭聲問：「這些東西，你是哪裏來的?老天,這……珍貴之極,這……從來也沒給人發現過。」

我道:「你先說說印子是什麼。」

專家深深吸了一口氣:「這印子的印文,奇特之極,刻的是『中書右丞相派專使』——唉,我竟不知道有這樣一個官職。」

專家是真正的專家,正由於如此,在研究了半生之後,忽然發現竟然還有自己全然未曾觸及的領域,自然難免沮喪。

我安慰他:「聽來那不是官職,只是那中書右丞相,興之所至,派了一個私人代表,替他辦事。」

專家側頭想了半天,點了點頭,勉強同意了我的意見。我道:「至正九年,脫脫才拜相,莫不就是他?」

專家道:「當然是他,脫脫在歷史上,地位甚重要,他為丞相之前,已着手修宋史、遼史、金史。這個蒙古大官很是仰慕漢文化,他自己取了一個字:大用。他的伯父是著名肆虐的大丞相伯顏。脫脫設計,除去了伯顏。他要諸王子學漢文——奇怪，看來，當時他正在蓋房子。蓋一所房子，何必那麼大陣仗？」

我無法回答專家的問題，人類歷史上，疑團實在太多了，誰能一一盡解？

這一批最早的文件，證明那幢木結構的屋子，是脫脫右丞相在至正九年（公元一三四九年）開始建造的。而且極受重視，由丞相特派使者監收木料。以元帝國的版圖之大，脫脫丞相的氣勢之豪，自然普天下珍貴的木料，要什麼有什麼，要多少有多少了。

只怕宋自然也想不到，造屋子會有那麼大的來頭。屋子有那麼大的來頭，在地方志之中，竟會不提及，當然其中大有隱秘，那也就更引起我的好奇。單是最早的一些文件，已經有這樣驚人的發現，整件事，自然更是引人入勝。

現在回想起來，那一個下午翻閱各種資料，如癡如醉的情景，猶有回味無窮。

早期資料顯示，屋子工程的進度很慢，一直到五年之後，才有一頁殘缺的記載，好像是什麼人的日記，記着：「丞相敗張士誠，順道監視，屋已略具規模……」

張士誠是元末起義的羣雄之一，據江蘇省高郵稱王，國號大周，在至正十四年（公元一三五四年）被脫脫率兵征剿，張士誠大敗。

經過了五年，那屋子才「略具規模」，可知建築工程之艱難。

脫脫丞相後來不得善終，被削爵流放雲南，就在嶺南被另一大臣哈麻，假借詔命賜死。

一直到脫脫死了之後，這屋子還未曾建成。有十來件殘片，筆跡一樣，是同一個人的記事，那個人可能就是特派專使，總之，那個人是長時期參加了屋子的建造工程的，所以他的記述，極有價值。

除了記述脫脫曾在大敗張士誠之後巡視建築工程之外，還有許多記述。其中，最匪夷所思的是有約兩百字，記述了「移植白楠樹兩株於前庭」的記述了，說它不可思議，是由於記述之中，清楚說明那兩株白楠樹「高一丈五，主樹幹圍五尺二寸」。

那是接近一人合抱粗細的大樹，誰都知道，這樣的大樹是不可能移植的。

可是記述中卻說這兩株白楠樹，來自桂（廣西省），沿途由千人照料，歷時九個月，才運到了目的地，沿途觀看者逾百萬人，枝葉繁茂，端賴有原植地之大量沃土，培植其根云云。

就算有豐富的想像力，也很難想像要把這樣的兩棵大樹，千裏迢迢運來的艱難情形，更何況還要令它保持「枝葉繁茂」。

為什麼要運兩棵這樣大的白楠樹來，種在那屋子的前庭呢？

那是我在一看到了這段記載之後，第一個想起的問題，這個問題倒很快有了答案——不過雖有答案，但我仍然一點也不明白。

這種情形，乍一聽，像是很怪，但其實也很簡單，那是因為我不懂答案的意思。

也是同樣的記述，說這兩棵白楠樹，是「樹神所居」，還有進一步的說明：「樹神者，東方乙木之神，眾木之靈也，居於樹中，與樹合為一體，又儼然獨存，為萬古奇觀之象。移植前庭，令神木居為萬世之基。」

這一段文字，個個字都識得，可是湊在一起，所傳達的訊息，卻是撲朔迷離之至。

像什麼是「樹神」，它不解釋，倒還可以意會，一解釋就叫人如墜五里雲中，「東方乙木之神，眾木之靈」倒還可以理解，「居於樹中」也易明白，但接下來的形容，就不知所云了，只是可以知道，那「樹神」現象，是「萬古奇觀」。

元朝帝國，版圖幅員廣大，見識自然也廣，可知那「樹神」確是一種奇異之極的現象，只可惜究竟真相如何，記述不詳。

從記述中知道。那幢屋子的名稱是「神木居」，由宋自然的形容來看，這「神木居」的稱號，倒也當之無愧，可是接下來，「萬世之基」，又是什麼意思呢？

通常來說，「萬世之基」這一類的詞句，只有帝皇才用得上，歷史上幾乎所有的皇帝，都希望自己的基業可以千秋萬古傳下去。

造這神木居的脫脫，又不是皇帝，只是丞相，難道他有做皇帝的野心——這很使人費解，就算他真有這樣的野心，也決不能這樣公然表示，那是誅九族的大罪。

而且，我立刻又想到了第二個問題：那兩棵白楠樹呢？

在那屋子（神木居）的前庭，並沒有樹。宋自然曾說，那屋子的範圍之內，只有木頭，沒有樹。

那兩株在四百多年前已經有一人合抱粗細的白楠樹，現在若仍然存活，至少該有兩人合抱，三丈高了吧。若然還在，宋自然定無看不見之理。

可以肯定的是：神木居的前庭，曾有兩棵極大的白楠樹，但現在已不在了。

大樹不會自動消失，消失得如此徹底，自然是讓人掘起來了。

是什麼人那樣勞師動眾，把兩棵大樹掘起來的？

這個問題，看下去，倒也有了答案，但是更叫人又產生了許多疑問。

解答這個問題的資料甚多，最早的是一些零星的地方志所記載的，說是在「太祖登基之初」，就有地方官建議，建立「樹神祠」，以佑民生。

那「太祖」自然是明太祖，這個建議被否決——這樣提議，在接下來的幾百年之中，一直被提出來，但一直沒有實行，只是「百姓膜拜者眾」。

更具體的一項記載，是說「聖祖南巡」時，曾駐驛神木居。

這確然是驚人的記載，「聖祖」是清聖祖康熙，那是中國歷史上極少的好皇帝，簡稱「明君」。他曾幾度南巡，居然曾經入住這神木居，這可以說是珍貴之極的歷史資料，也是奇怪之極的行為。

作為尊貴的皇帝，為什麼要屈駕到神木居來呢？

這一部分的資料，相當詳細，還記載着當時皇帝，曾召見了一批「術士」。

這一節記載，更令我莫名其妙。稍知歷史的人，都知道「術士」或「方士」這類身分的人，自古以來，一直都存在。但他們的行動是不是興盛，和統治者的好惡大有關係。若是皇帝嚮往神仙位業的，那麼，上有好者，下必有甚焉，術士在社會上，也必然大大活躍。

可是，眾所周知，康熙皇帝十分熱衷於實用科學，並不熱衷於神仙文學，那麼，他為什麼要在神木居中，召見了一批術士呢？

唯一的推論是：在神木居中，有極奇特的現象，這種現象，只有術士才能了解。

我在看到這一部分資料時，化了相當的時間。皇帝在離開的時候，還下了一道聖旨：欽命地方官員，對神木居嚴加防守，不准擅入，有意圖進入者，嚴厲懲處。

在這道聖旨之下，神木居成了禁區，那時，那兩株大白楠樹，還在前庭，有關它們的敍述是：「已兩人合抱，高五丈，樹葉婆娑，蔚為奇觀。」

看到了這樣的記載，我想到的是：這可能是世上僅有的大樹移植成功的例子，是一個奇跡，值得所有植物學家去研究。

終有清一朝，這「神木居」都受到保護，甚至上司考核地方官的政績，也看他是不是把「神木居」保護得完善而定。

宋自然曾感嘆神木居歷數百年而仍和新的一樣，當然是保護有功之故。可是，清朝消失，也已好幾十年了，在這幾十年，近四分之三世紀中，戰火連天，時世不太平之極，這個城市，也曾經歷過戰爭，有一兩次戰役，在近代史中，甚是著名，何以「神木居」仍能超然存在呢？

資料看到這裏，我的好奇心，已被引發至爆炸性的程度了，我像是乾旱已久的大地吸到水分一樣，想在資料中尋找解開謎團之鑰。

再接下來的資料是，滿清末任官員，曾帶引攻進城來的軍隊指揮者，到過神木居。那指揮者日後是一位著名的將軍。

將軍曾感嘆那兩株白楠樹為「奇樹」，而且立即下令，派軍隊保護神木居。

令人又大是好奇的是，在接下來的日子中，許多著名的軍政領袖，乃至最高領袖，都曾到過「神木居」，或逗留一天，或留下了一個月不等。

毫無例外地，這些大人物，在到了神木居和離開之後，都沒有說什麼，除了讚嘆屋子的精巧堅固之外，並沒有別的言論。

屋子當然是稀世奇寶，但我相信那決非吸引大人物去逗留的真正原因。一定另有原因在，可是大人物（包括康熙）個個都三緘其口，並不提及，照我的推測是，那事情一定古怪和不可思議之至，以致令得大人物說不出口。

當我有了這樣初步結論之後，更是急於想着看到最近的發展。

約有三四十年，雖然戰火在各地蔓延，但這個城市總算相當平靜。

到最後，又一股攻城大軍，完成了對這個城市的包圍之後，守軍看到大勢已去，所以投降，並沒有發生激烈的攻防戰，城市也沒有受到破壞。

（七）衞夫人親自出馬

改朝換代，又一批軍隊進城，成了這個城市的新主人。神木居是不是一樣受到新主人的異樣重視呢？可惡！資料在這緊要關頭，就沒有了！

我大叫了三聲，雙手握拳，在空中揮舞——小郭太可惡了，竟然這樣吊我的胃口。

即使在那一次主人的更替中，還證明那兩株大樹仍然在。由此可知就在近年，神木居曾發生過劇烈的變化，偏偏沒有了記載，怎不叫人心焦？

我設法和小郭聯絡，卻沒有結果。一直到第二天下午，我又把已有的資料再看了一遍，門鈴響，小郭失魂落魄地走了進來。

我一躍向前，伸手直指他的鼻子：「還有呢，快拿來！」小郭呆呆地望着我，神情惘然，像是全然不知道我在說什麼。

我再說了一遍，小郭苦笑：「你在說什麼，我給你的資料，什麼資料？」

我一時之間，不知如何說才好，向他作了一個手勢，示意他跟我到書房來。

小郭垂頭喪氣，跟我進了書房，我指着攤開在桌上的許多資料：「你能找到這麼多材料，真是不容易，近三十年的滄桑如何？那兩株大樹去了何處？餘下的材料，你該拿出來了！」

小郭衝到桌前，用十分貪婪的眼光，把那些資料，一把一把抓起來看。這時，我也看出情形不對頭了，我叫了起來：「別告訴我這些資料不是你弄來的。」

小郭在這時反倒鎮定了下來，他深吸了一口氣：「對了，不是我弄來的，我從來也未曾接觸過這些。」

他說着，又嘆了一聲：「我正想來告訴你，我遭到了前所未有的失敗。我像是一頭栽進了一個大鐵桶之中，四面碰壁，什麼也得不到——我放棄了。」

我認識小郭，不自今日始，自然知道他不是一個輕言放棄的人，所以我只是望着他。

小郭攤開了手：「我一個人的力量，無法和一個強大嚴密之至的力量相爭，這個力量有過百萬軍隊，我已得到警告，如果我不停止活動，我會在這世上消失——連一個細胞都不會剩下。」

他在說這番話的時候，面色蒼白之極，一臉的無可奈何。我想了一想——那許多資料，是由誰送來給我的，我心中已然雪亮：當然是黃蟬。

黃蟬用盡心思，想和我見面，被我拒絕。她自然知道若是她送資料來給我，我也不會接受。

本來，我立場堅定，黃芳子她再神通廣大，也無奈我何。可是我卻偏偏不爭氣，在好奇心的驅使之下，委托小郭去搜集那屋子的資料。

小郭一到那城市，展開活動，黃蟬當然立刻就知道了，所以她將計就計，冒了小郭的名，送了一大疊資料來。她當然也知道，我在看了這一疊資料之後，好奇心會達到爆炸的程度——那就是她出面的時候了，因為這時，她已佔了上風。

我應該怎麼做呢？最好的應付方法，自然是硬把自己的好奇心壓下去。

可是，我才想到這一點，就長長地嘆了一聲，我太了解自己，知道自己實難做到這一步。

那麼，我該怎麼辦呢？我心中茫然，望着那些資料，竟不知如何才好。

小郭看來和我一樣惘然，我吸了一口氣：「這些文件，記載着一樁古怪之極的事，你不妨先看一遍，我們再來商量該如何處理。」

小郭點了點頭，我把他留在書房，自己離開，滿滿地斟滿了一杯酒，慢慢呷着。

看來，我除了接受和黃蟬見面之外，根本沒有別的應付方法，因為對於神木居的好奇心，使我無法抗拒——我本來就是好奇心極強烈的人，而在這些事中，疑點一個扣一個，簡直如排山倒海一般。若是我不能解開那些謎團，我會被好奇心嚙心至死。

黃蟬對我的性格，一定有着很深刻的了解，她知道應該給我什麼資料，也知道資料該停止在什麼所在。

我心思紊亂之至，在我自己難以作出決斷時，我希望白素會在場，可以聽她的意見。

可是白素這兩天，像是不見人影，我根本不知道她去了何處。

小郭在書房中大約逗留了兩小時，他打開門，衝下樓梯，臉漲得發紅。一下來，就抓起酒瓶，咕嚕咕嚕喝酒，然後，急不及待地用手指着我，卻又因為太急了，所以發不出聲來。

直到他順了呼吸，他在叫：「天！你還在等什麼，誰給你資料的，快去和他聯絡！」

我苦笑：「你以為我會壓得下好奇心？但是就這樣中了計，我也於心不甘。我更不想和他們發生任何關係，或被他們利用。」

小郭又喝了一口酒：「可是那屋子的謎團，會把你困擾至死！」

我沒有說什麼，小郭又道：「還有，那位宋先生，也等着你的行動去救他！他現在終日都在醉鄉中——憂鬱會殺人的。」

我不耐煩地揮了揮手：「那位宋先生，是無藥可救的了！就算我肯和黃芳子見面，他又再能見到她，他們之間，也絕無發展感情的可能！」

小郭喃喃地道：「天下可沒有絕對的事！」

我心中煩躁，說話也就不那麼客氣：「有的是，像你，郭大偵探，就查不出那屋子的秘密來。」

這句話，大大地傷害了小郭的自尊心，他走開了幾步，在屋角的一張沙發上坐了下來，只顧喝悶酒。

過了好一會，他才道：「我算什麼，善解疑難的衛斯理，還不是一樣沒辦法。」

我冷笑一聲：「你錯了，我不是沒辦法，可是不願意用那辦法！」

小郭喃喃地道：「也不單是我沒辦法，我看，衛夫人親自出馬，也未必有結果！」

我一聽得他那樣說，陡然震動，一口酒嗆了喉，一面咳一面問：「什麼，白素她……她……也去了？」

小郭顯然未曾料到我不知道白素的行動，所以一時之間張大了口，不知說什麼才好。

我再疾聲問：「你是在哪裏見到白素的？」

小郭過了一會，才定過神來：「你不知道她也去了？」

我嘆了一聲：「我知道她想幫助宋自然，並不知道她採取了什麼具體的行動。」

小郭又喝了幾口酒：「我第一次去，那屋子，其實只有專家才覺得它如何了不起，普通人眼中，只是一幢很舊的老屋子——」

小郭第一次見到「神木居」的時候，儘管已有了先入為主的印象，但是在他看來，那並不屬於巍峨輝煌，美輪美奐的建築物，樣子十分普通。

（或許正由於外形如此普通，所以才能平安存在那麼多年！）

他在欄柵外徘徊，就遭到了守衛的干涉。守衛的態度很客氣，可是卻堅決拒絕小郭接近十公尺的範圍之內。

小郭提出交涉，說明自己的身分，是外來的觀光者，而且對木結構建築物有興趣。小郭是有備而去的，拿出來的名片，有什麼建築學會會長的銜頭。

交涉之中，一個軍官出來，軍官的態度更好，笑着說：「怎麼對這屋子有興趣的人，忽然多起來了？對不起，這屋子是國家特級保護文物，不能參觀的。」

小郭對我從頭說他去調查的經過，我反正沒有主意，且聽他如何說，並沒有阻止他。

小郭交涉無功，正快快而退，可是他走出了不多遠，那軍官忽然追了上來，表示他如果真想參觀，可以安排。

小郭也不知道事情何以突然有了這樣的轉機，高高興興，跟軍官進了屋子，認識了宋自然。

我卻一聽就知道，允許小郭進屋子，是黃蟬利用小郭的開始。

小郭冒充的身分，在黃蟬的面前，自然顯得再幼稚也沒有，讓小郭和宋自然見面，當然最終目的，是通過他和我取得某種程度的聯絡。

小郭見到了潦倒憔悴之至的宋自然——宋自然能繼續在神木居住着，當然也是黃蟬的安排。

小郭無功而退，第二次再去，他的行動更積極，四出活動。

就在小郭施展渾身解數，一無所獲的同時，黃蟬的行動卻已湊效——她成功地送了一大堆資料給我，引爆了我的好奇心。

小郭活動了兩日，沒有任何成績，而且隱隱感到自己處境可能有危險，他已決定放棄了，準備在臨走之前，再去看一次宋自然。

於是，他再度來到神木居——就在這一次，他看到了白素。

他是在一種相當奇特的情況之下，看到白素的。

他來到屋子前，又受到警衛的擋駕，小郭耐心地表示，上次他來過，他很想再看一看宋建築師，也和上次一樣，那軍官出來了。

不過這一次，那軍官的態度，卻冷冰冰的，開門見山地責斥小郭：「對不起，郭先生，我們已知道了你真正的身分，和你的活動，所以不但請你離去，而且提議你立刻離開本城！」

小郭難過之至，為自己辯護：「我是準備離去了，我只不過想和朋友道別。」

那軍官冰冷地說：「不必了！」

就在這時候，小郭看到了白素。

屋子的門打開，白素背向着大門退出來──小郭在那時，並沒有看到白素的正面，但是他和我們極熟，單憑背影，也可以認出那是白素。

看當時的情形，像是白素要離開，而有人在送她出來，所以她是背退出來的，但由於門內的光源暗，所以看不到送她出來的是什麼人。

不過，根據白素的行動來看，送她出來的人，地位一定相當高，不然，白素不會背退出來。

一看到了白素，小郭雖然有點意外，也不會太甚，他一揚手，想要叫白素，忽然又看到白素不再後退，反倒又走進屋子去了，大門也隨即關上。

在這個過程之中，小郭想看個清楚，可是那軍官卻擋在他的身前。

小郭出於無奈，只好離開。

我聽他講完了經過，就道：「你根本沒看到白素。」

小郭苦笑：「雖然我在調查方面，一無所得，但請別懷疑我的觀察力，那確然是尊夫人。」

我吸了一口氣，有了主意：我等她回來，等白素回來之後，事情應該可以有進展。

小郭卻又貪心起來：「可以讓我再仔細地研讀那些資料？」

我一口答應：「當然可以，你甚至可以帶回去，和你的電腦資料相結合，看看有什麼發現！」

小郭大喜：「我正有此意。」

他拿走了所有的資料，我等白素回來，心中焦躁無比，一直到第二天下午，白素才回來。

一聽到白素開門的聲音，我就出現在樓梯口，見了她，我大叫一聲：「到哪裏去了？從實招來！」

白素抬頭看到了我，向我作了一個手勢，指向她的身後，意思是我不必問，只要看她身後，就可以明白她究竟去了何處。

而且，根據手勢來看，她身後，並不是什麼東西，而像是有一個人跟着。

我不禁大奇，接着就問：「誰？」

一聲才問出口，就聽得一個怯生生的聲音應道：「衞先生，是我！」

接着，人影一閃，一個窈窕頎長的妙人兒，款步走進了門，站在白素的身邊。

白素進得門來，屋子之中，就有亮了一亮之感，這時，那麗人站到了白素的身邊，當真如同寶玉，如同明珠，麗光四射，白素雖然不致於被她比了下去，可是能和白素在一起而又不會給白素比下去，也就難能可貴之至了！

這麗人一入眼，我就知道她是什麼人了，心頭自然升起了一股厭惡之感。可是在這樣美絕的麗容之前，縱使有怒火，也絕難發作得出來。

我沉聲道：「怎麼有勞黃將軍大駕，光臨寒舍？」

我知道那一組特殊人物，都有着將軍的銜頭，所以才這樣說的——那美女當然就是宋自然在神木居中遇到的黃蟬黃芳子了！

黃蟬的反應，絕對出乎我的意料之外。她和白素並肩而立，白素帶着微笑——她當然知道我不願意見到黃蟬這樣身分的人，而她竟然把黃蟬帶來了。所以她的笑容之中，含有一定程度的歉意。

但是，又由於她對我的深刻了解，她也知道我必然會體諒她的行為。所以她的笑容之中，也有着自信，和對我關懷的甜蜜——人類的臉部真是奇妙之極，竟能把那麼複雜的感情，在一剎那之間，無聲無息地表達出來。

看到了白素這樣的神情，我自然心領神會。

而在我向黃蟬致了這樣的「歡迎詞」之後，黃蟬的反應，使我難以相信我的眼睛。

她的神情，看來完全像是一個無辜受了責難的小女孩，可她又是屬於佻皮的性格，所以，並沒有逆來順受的委曲，反倒是頑皮地眨着眼，悄悄地向白素指了一指，那意思是她來到這裏，是白素帶她來的，與她無關。

常言道「相由心生」，黃蟬是不是大奸大惡，我不敢肯定，但以她所接受的訓練來說，她絕對可以做到「殺人不眨眼」。

可是這時，在她那種清甜的神情上，就決計無法推測出她的為人來！

難道嚴格的訓練，竟然使她練就了這樣非凡的本領？那真是匪夷所思之至，也令她的可怕程度，增加了百倍！

我發出的「攻擊」，變得全然沒有着落，一時之間，我也不知如何才好，甚至，顯得有些罕見的狼狽。

我吸了一口氣：「素，你上來，我有話說。」

白素微笑着，向上走來，更令我瞠目的是，我只叫白素上來，可是黃蟬竟然跟在白素的身後，也向樓上走了上來，而且一副若無其事的神態。

這真使我忍無可忍了，我大聲道：「我只請我的妻子上樓來。」

這話，已然不客氣之極了，任誰聽了，都難免要臉紅或尷尬的，白素也立即向我投來了不以為然的目光。

可是黃蟬卻仍然滿面笑意，還略伸了伸舌頭，作了個可愛之極的怪臉，巧妙地掩飾了她的羞澀，然後道：「有『訪客止步』的告示麼？我沒看到啊！」

常言道「伸手不打笑臉人」，她這樣子，我自然不好意思再說什麼了。

更重要的是，白素並沒有阻止她跟上來，可知她另有用意，因此我也不再堅持。

事後亦想到黃蟬對我的一再「攻擊」，反應如此自若，那對她來說，實在不算什麼——她接受的訓練，使她可以應付任何想像不到的惡劣環境，應付我的幾句冷言冷語，簡直微不足道之至。

白素向我使了一個眼色，示意我且別和黃蟬為難。我也想到，白素絕不是輕舉妄動的人，她又不是不知道黃蟬的身分，把她帶了來，必有原因，我又何妨稍安毋躁？

我讓她們上了樓，又一起進了書房，黃蟬的聲音，竟然充滿了由衷：「衛斯理的書房，多少稀奇古怪的故事，都是從這裏出來的。」

我冷冷地糾正：「多少離奇古怪的事，都是在宇宙各處發生的。」

黃蟬立時道：「是是，我說錯了。」

我心中嘆了一聲——我由於深知她的來歷，所以才對她處處提防，若是不知她身分，再精明的人，也要上當。

白素向桌上一望：「黃小姐說她冒名送了一些資料給你，那份資料——」

我沒好氣：「叫小郭拿走了，他要拿去研究——不過肯定不會有結果，黃小姐那裏，一定已研究過了。」

黃蟬立時應聲道：「是，可是研究不出結果來，所以要來請教衛斯理。」千穿萬穿，馬屁不穿，高帽子人人喜戴，我聽了之後，雖然「哼」了一聲，但是心中的反感，也消滅了不少。

我作了一個請進的手勢，黃蟬並不就坐，卻自身邊取出了一幅照片來：「衛先生，請你先看這相片。」

我先向白素望了一眼，白素的神情，明顯地贊成我看，我接過了照片來，一看之下，自然而然，眉心打結。

因為一時之間，我竟然難以說出照片拍的是什麼。照片其實是一看就明的，上面是一個人，一個男人，正盤腿趺坐，從坐姿和手勢看來，那是道家的傳統打坐的方式。

怪的是，那個人梳着古代的高髻髮型，可是卻全身赤裸一絲不掛。「所以一看就知道他是男性。」

那人的樣貌，極其詳和，在他半開半閉的雙眼之中，流露着沉思的睿智。「眼睛是靈魂之窗」這句話，絕不是新文藝的陳腔濫調——人的心情思想情緒，確然可以通過微妙的眼神變化而表達。所以，我可以肯定照片上面這個人，一定是一位智者。

這個人採用道家的方式在打坐，可知他在道學的修為上，一定已達很高的境地。

道家修道的目的是成仙，雖然只是照片，但是我也感到照片上的那個人，大有仙氣——全身都煥發着一種難以形容的飄逸和靈秀。

相片雖然不大，但一定是用上佳的攝影機拍攝的，而且技術高超，人身上的每一個皺紋，每一個毛孔，甚至每一根毛髮，都可以看得清清楚楚，定睛看得久了，好像照片上的人，活了一樣，會微笑，會說話。

我看了好一會，一點概念也沒有——我不知道照片上的是什麼人，也不知道何以黃蟬要給我看這照片。

我看了好一會，才抬起頭來，黃蟬第一時間問：「衛先生，請你告訴我對這照片的第一印象。」

我「哼」了一聲：「照片上的人，如此安祥飄逸，顯然是個智者。」

黃蟬緊接着問：「你聯想到了什麼？」

我的回答來得也快：「看了那種超然物外的神情，就聯想到腥風血雨，卑鄙齷齪的權力鬥爭，是人類行為中最蠢的一種。」

黃蟬再問：「你認為照片上是一個超然出塵的高人？」

我點頭，語氣肯定：「必然是，你看他的眼神，不是大徹大悟的人，不會有這種眼神，若不是有大智慧的人，是不會徹悟的。」

黃蟬聽得認真，又問：「沒有別的聯想了？」

我笑了起來：「再要我作進一步的想像，那不是我一貫的想法了：這個人的透徹覺悟的程度，已超越了地球人的能力範圍——就算他原來是地球人，這時的精神狀態，也必然超越了地球人。」

我說得很認真，黃蟬也聽得用心，她沒有立時再發問，卻又取出了一張相片來，遞給了我。

我一看，又是一呆。

（八）一對男女的全裸相片

那照片上也是一個趺坐着的人像，也是全身一絲不掛，那是一個女性。

且別說那女性的體型之美，單是她臉上所顯示的那種寧靜和平的神情，就叫人的心頭，再有燥熱的情緒，也會一下子寧靜下來。再有貪婪的欲求，也會一下子化為烏有，再有凶殘的意念，也會一下子變得善良。

我呆呆地望着那美麗之極的裸女相。同樣地，照片拍得極好，人體的每一個細微部分，都看得清清楚楚，叫人感嘆人體的結構，是何等的細緻精密，叫人感到，這才是人的身體，如此完美，如此無懈可擊。

而那女性的年紀，也很難斷定，總之是成熟的女性。我忽然想到，受世人崇敬的佛教中的觀世音菩薩，或是天主教的聖母瑪利亞，上千年來，藝術家都通過各種藝術形式表現她們的精神面貌，雖然有不少成功的例子，但是和相片上的那位女性一比，卻全被比了下去。

若不是相片上的女性也梳着道髻，我真要疑心她就是觀音的化身了。

我看了很久，心中的疑問雖多，但是心境卻十分平和。好一會，我才長長地吁了一口氣，抬起頭來。白素和我目光接觸，她先道：「太不平常了，是不是？」

我吸了一口氣，用力點了點頭：「她的修為，看來還在她的伴侶之上。」

白素揚了揚眉，沒有出聲，黃蟬卻立刻問：「何以見得他倆是伴侶？」

我「啊」地一聲，我只是衝口而出，並沒有想到為什麼，被黃蟬一問，我才想了一想：「道家的典籍上，多有夫妻或情侶合籍雙修的例子。」

黃蟬緊盯着我，神情很是異樣（是一種由於刺激而帶來的亢奮），她又問：「你認為他們是在用道家的方法修煉，目的是成仙？」

我很是肯定：「當然是，而且可以看出，他們的目的已達到了——這事很怪——」

我連頓了兩次，黃蟬的神情更緊張，我道：「我有一段經歷，記述着一個俗不可耐的古董商人，變成了神仙的經過──」

黃蟬忙道：「是，我知道，我知道你的任何經歷。」

我略感不快，悶哼了一聲，這才又道：「這一雙男女就算不是神仙，也已不遠了，而且，他們本來也一定是極有修養，知識程度很高的人。」

黃蟬向白素望去，白素淡然笑：「我早已告訴過你，我和他的意見，大致是相同的。」

黃蟬感嘆之至：「豈止大致相同，簡直連用的字眼都一樣。」

我和白素，同時伸出手來，握了一下，我們之間心意相同，那是毫無疑問的事了。

我道：「凡人變神仙的過程，可以從兩方面理解，白素的母親『成仙』了──變成了外星人，那是一種情形。另一種情形是人體發揮自己的潛能──通過修煉，可以達到這一目的。只不過這種情形，古時多，現今極少，這一雙異人，他們是──」

我說到這裏，向黃蟬望去，當然以為她會立刻說出答案來的，因為是她來找我尋求答案，就應該把所有的資料全告訴我才是。

黃蟬吸了一口氣，她先向白素望去，白素大有乾坤地微笑了一下。

黃蟬這才回答我的問題：「衛先生，請你相信我的話，這一雙男女，不是人。」

她最後道「不是人」三個字，是一字一頓說出來的。

我聽了之後，第一個反應，並不覺得特別奇怪，「哦」了一聲：「他們已經成仙了？可以說不是人了。」

黃蟬秀麗無匹的臉上，現出了一種無可奈何的神情：「我說他們不是人的意思是，他們真的不是人。」

我呆了一呆，可是我仍然未曾明白她這樣說是什麼意思。我道：「你是說，我看到的只是相片，不是真人？」

黃蟬又向白素望了一眼，我可以想像，她如今對我說的那些話，一定曾向白素說過，而白素的反應，必然和我如今相同。

黃蟬很緩慢地道：「我的意思是，相片中的一男一女，不是人，也不是說他們已成了仙。相片拍攝的，是兩尊雕像，木雕像。」

黃蟬說的話，每一個字，我都聽得明明白白，清清楚楚，可是我卻大搖其頭，接着，她說完之後，我忍不住「哈哈」大笑了起來。

黃蟬在這時，低低地長嘆了一聲，並不作進一步的解釋。我止住了笑聲，已經明白了黃蟬的意思：她堅持相片上，那天人一樣的男女不是人，是木雕像。

她的神情舉止，都在努力企圖使我相信這一點。

但結果卻是使我感到好笑——越想越好笑，於是我又大笑了起來，表示我根本不相信。

在我笑的時候，白素也跟着笑，自然，她笑得很含蓄，不像我那樣肆無忌憚，可是，不相信黃蟬的話，是一致的。我笑了好一會，才道：「我不知道你目的何在，不管你怎麼說，我都不會相信你的話。」

黃蟬很厲害：「我還以為衞斯理可以接受一切不可思議的事。」

我自然不會因為她這樣一說，就改變了自己的認識。我道：「是，如果你告訴我，你只有一半是人，另一半是機械，我也可以接受，可是我仍然不相信相片上的那一雙男女是木雕像。」

我在這樣說的時候，仍然視線不離照片。因為黃蟬沒有理由編一個這樣低能的謊話來騙我。只要照片上有萬分之一的可疑處，可以看出那確然是木雕像，而不是真人，我都會接受她的話。

可是不論怎麼看，相片上的都是真人——我一再強調過，相片是用高級攝影器材拍成的，所以影像很是逼真。這時，我甚至可以清晰看到，尤其是那女性，肌膚賽雪，在柔潤的肌膚中，淡青色的血脈，隱約可見，把手指輕撫上去，甚至可以感到血液的流動！

我的視覺神經活動的結果，通過我大腦的分析，告訴我那不可能是木雕像——我甚至願意接受那是一種製作極其精巧的假人，類同非生物性新生命康維十七世。但是，木雕像——不！

所以，我仍然不住地搖着頭。

我向白素望去，白素的反應和我一樣，也搖着頭。

黃蟬忽然笑了起來：「我們其實是在爭論一個根本不需要爭論的問題！」

我立時明白了黃蟬的意思——事實上，我也早已想到了這一點，只是我不願提出來而已。

果然，黃蟬說了在我意料之中，但卻又是我最不願聽的話。

她道：「我代表國家異象研究所，正式邀請衛斯理先生夫人，去研究那兩尊木雕像。」

事情看來很是簡單：黃蟬說那一男一女是木雕像，我和白素不信，那麼，只須去看一看就行了，何必爭論？

可是，問題就在這裏——我不願意去看。

我以前也略為聽說過「國家異象研究所」這個機構的名稱。很多國家都有類似的機構，去探索一些不可思議，實用科學無法解釋的異象。

我也知道，這個研究所中有不少具有超能力的異人，也有很豐富的資料，以及相當客觀的研究態度。

我更知道，在他們的最高層，還接受一個外星人在知識上的幫助。

本來，我只要一點頭，首先就可以解決那究竟「是不是人」這個問題了。

可是除了我不願意去之外，我還想到了別的問題。

黃蟬的外表，雖然俏麗無比，而且一舉一動，一顰一笑，無不動人之至，但是我卻不會為這種表面現象所惑。我極其深刻地知道，黃蟬所代表的，是一股為了達到目的，可以在手段上無所不用其極的勢力——稱那股勢力為「邪惡」並不合適，因為在人類的語文之中，似乎還未能找到對這股勢力的適當形容詞。

我並不是什麼大人物，也不會自我膨脹到認為這股勢力會想和我合作，或者專門來對付我。

但是，從宋自然應聘到那城市開始，一直到如今黃蟬到來，確然是一個陰謀。這樣處心積慮的佈置，目的就是想我進入他們的勢力範圍。

我一點也不知道他們進一步的目的，但我知道我絕不能讓他們的第一步目的得逞。

我迅速轉念，立時有了反應：「我不會接受你的邀請。要我相信那是木雕像，再簡單不過，把它們拿來讓我看就行。」

黃蟬當然是早已料到了我會有這樣反應的，她嘆了一聲：「那是國家特級異寶，最高當局三申五令，絕不能移動絲毫，只有屈衞先生大駕。」

我又縱笑了起來，指着黃蟬：「說來說去，無非是想要我去，告訴你，我不去。」

說到後來，我雖然不是「聲色俱厲」，但已不客氣之極。黃蟬俏臉一陣紅一陣白，但是神情還很鎮定。

她道：「我接受失敗——我以為衞斯理的好奇心一直都那麼強烈。」

我再笑：「你不必為自已的失敗掩飾，你的失敗是，你編了一個根本不會有人相信的故事，想使我相信。」

黃蟬睜大了眼：「你以為我的智力程度那麼低？」

我一攤手：「虛則實之，實則虛之，你知道我什麼樣的怪事都見識過，所以才編了一個不可能的事，希望能收到奇效。這方法很不錯，可是，很不幸，你，失敗了。」

我把最後幾句話，提高了聲音來說。黃蟬苦笑了一下，顯得很是無奈。她停了一會，很是激動，身子甚至在微微發顫。

白素斟了一杯酒拿給她，她不接酒，一把抓住了白素的手腕。

在那一剎間，我不禁吃了一驚——我知道她和她的同類，都受過嚴格的武術訓練，各負一身驚人的技藝，她們的武術師父，是和白老大齊名的武術名家，有「雷動九天」之稱的雷九天。

我一閃過這個念頭，白素的手腕被黃蟬抓住了，白素立時向我望來，微微一笑，表示黃蟬並無惡意，我仍然保持高度的警惕，立刻想到了黃蟬如果制住了白素作要脅，我應變的幾個方法。

黃蟬並沒有進一步的行動，她一臉哀求的神色，聲音也動人之至：「白姐，你答應過的。」

白素立即點頭：「你放心，我答應過的事，我一定會做到。」

我吃了一驚：「你答應了她什麼？」

黃蟬道：「我有一些進一步的資料，是有關神木居和那兩尊木雕像的——是你已看過的資料的延續，白姐答應我，會讓你看。」

我一點也不考慮：「她的承諾無效——我根本不相信那是木雕像，又何必再看什麼資料！」

白素卻伸手在黃蟬的手背上輕拍了兩下，示意她放心。我轉過身，不去看她們。

黃蟬卻走到了我的面前，柔聲道：「早知要請動大駕，很是困難，但是卻想不到，竟困難到這種程度。」

我指着自己的頭：「我這個腦袋是花崗石的。」

黃蟬忽然佻皮地一笑，口唇動了動，可是卻又沒有說什麼，神情有點鬼頭鬼腦，一下子轉過身去，向我和白素揮着手：「再見。」

她竟立即就走了！

等她走了之後，我才看到白素的手中，多了一隻很是精致的小盒子。我問她：「你看見了？剛才她想說又沒有說——她想說什麼？」

白素笑：「她想說什麼，我怎麼知道？」

她揚着手中的盒子：「這裏是她剛才所說的資料，全經過微縮處理——」

她說到這裏，停了下來，等待我的回答。

我來回踱步，強烈的好奇心，當然命令我立刻去看那些資料。可是我在站定之後，我卻道：「我怕看了那些資料之後，會又向她的陷阱更進一步！」

白素淡然道：「那就算了，我倒想看一看，反正我不是人家的目標。」

我陡然一聲大叫，向她撲了過去，要搶她手中的盒子，她身形一閃，就避開了我，我疾轉過身來：「有福同享，有難同當，大家一起看。」

白素正色道：「事情怪異，確有值得探索之處，很可以看一看。」

我當然同意她的話，我心中還有疑惑：「你是什麼時候決定親自出馬的？又是怎麼會認識黃蟬的？」

白素說來很是輕描淡寫：「一開始，我不是為了好奇，只是想幫宋自然，宋自然本來是有為青年，不幸成為一宗陰謀中的犧牲品，他所憧憬的『愛情』，根本不存在，我想去點醒他，使他不要再沉淪下去。」

一想起宋自然那種「冥頑不靈」的樣子，我就心中有氣：「哼，我也曾結結實實地勸過他，可是他根本聽不進去，你又能有什麼法子？」

白素道：「我們勸沒有用，心病還須心藥醫，一定要黃蟬親口告訴他，那是絕無可能的事，才能使他從迷夢之中清醒過來，所以我才去那城市的。」

我聽了之後，默然片刻，才道：「你怎能有把握，去了之後，就可以見到黃蟬，她的身分是那麼神秘，甚至高不可攀！」

白素笑：「別忘了，我是大名鼎鼎的衛斯理夫人，人家處心積慮，就是為了要請你的大駕，我去了，人家還會不歡迎嗎？」

我苦笑了一下：「別調侃我了，你——」

白素吸了一口氣：「我還沒下火車，在車廂裏，就見到了黃蟬——雖然我以前從來也沒有見過她，可是她一出現，我就知道是她了。」

白素其實是在上車之後不久，就知道對方有了安排——不屬於普通乘客的車廂中，人本來就不多，而在火車開動不久，就有穿着制服的車上人員進車廂來，在其他乘客的身邊低語。

經過這一番動作之後，其他的乘客，都先後離開了車廂，於是，偌大的車廂之中，就只有白素一個人。

白素自然知道接下來會有事發生，她很是鎮定，一面喝着茶，一面觀看着列車經過的田野。

然後，她就覺出黃蟬出現了——她並沒有轉過頭，仍然望着窗外，可是她知道黃蟬來了！

在那樣的情形下，要感應或知道有另一個人進了車廂，那並不困難。可是，竟然一下子就知道了進來的是什麼人，這就未免有點玄了。

白素的解釋是：「當然我是先感到有人來，然後才知道來的人是誰。是時，我沒有轉移視線，所以我根本看不到來者是誰。可是我卻有了強烈的感覺：來的是一個強者，如果這個強者充滿敵意，我必須集中精神去應付，那將是強敵。可是我卻又感覺不到有敵意，所以我仍然不動，直到來人在我的對面坐了下來。」

來人在白素的對面坐了下來，和白素之間的距離已經很近了，白素略轉頭，就看到了來人，當然就是黃蟬，黃蟬正用充滿了誠意的目光望着白素。

聽白素說到這裏，我咕噥了幾句：「她受過專門的訓練，可以通過眼神，表達假的情感，以迷惑對方。」

白素嘆了一聲：「不管怎樣，我和她的目光一接觸，就算本來心中有敵意，也在那一剎間，化為烏有了。」

我又喃喃地道：「現代攝魂大法。」

白素再補充：「而且，在那一剎間，列車行進的轟隆聲，也像是聽不見了，只覺得一片寧靜，我們互望着，就像是早已心靈相通的老朋友一樣。」

這一次，我提高了聲音：「你永遠不可能知道這一類人心中真正在想什麼！」

白素靜了一會，才道：「人本來就絕無可能知道另一個人心中真正在想什麼的。」

我用力揮了一下手。

白素和黃蟬的見面，畫面很是動人。她們互相注視了好一會，是黃蟬先開口，她不稱「衞夫人」，叫的是「白姐」。

她道：「白姐，歡迎你來！」

白素並沒有忘記自己來的目的，所以她的話，開門見山之至：「好一個出色的人才，難怪宋自然一見鍾情，不能自拔了。」

白素和黃蟬，都是何等聰明的人，雖然是第一次見面，可是對方不論說什麼，有什麼言外之意、弦外之音，都可以一說就明。

黃蟬垂下頭去：「這是意外，想不到會由此傷害了宋先生。」

白素立即切入正題：「你為什麼還讓他留在神木居？這可不是能拖得過關的事，你一定要斬釘截鐵地告訴他，事情絕無發展的可能，長痛不如短痛。」

黃蟬的頭又垂低了些，長睫毛不住顫動，白素心中暗嘆了幾聲，她相信黃蟬對宋自然不是全然無意，而是她的身分，不允許她有任何意思——從這方面來看，她似乎比宋自然更加痛苦。

白素人心地好，同情之心，油然而生，她又道：「早些了斷，對你來說，也有好處。」

黃蟬向白素投以很是感激的眼光：「我幾次要他走，他紅着眼，不肯離開，我……我……」

她沒有再說下去——也不必說，不問可知，黃蟬不忍心看到宋自然傷心欲絕的樣子，不忍心趕他走。

白素苦笑了一下：「請和我一起去見他，我會帶他離開——如果你不想害人害己，請你合作。」

白素的這句話一出口，黃蟬的俏臉煞白，咬着下唇，神情有一種深奧無比的痛苦。

白素嘆了一聲：「你知道你自己不是普通人，你有很多特權，但是在擁有特權的同時，也喪失了作為普通人的權利。」

白素雖然沒有直接明言，可是話也再明白不過：黃蟬沒有普通少女和異性談情說愛的權利。

黃蟬緊咬着下唇，白素繼續着：「你沒有可能放棄特權，而且，我也不認為你有放棄特權的想法。」

黃蟬陡然拿起白素的茶來，大大地喝了一口，可能是由於她心情激動的緣故，竟嗆得劇咳起來。剎那之間，臉漲得通紅。

白素忙離座，輕拍她的背部，黃蟬的俏臉，紅得像是要溢出血來，白素後來的評語是：「淒艷之極。」

黃蟬止了咳，再喝了一口水，抬起頭來時，竟在不到一秒的時間內，完全恢復了正常。

她先向白素點了點頭，表示接納她的意見，忽然問：「要請衛先生的大駕，真的那麼難？」

白素回座坐了下來，她有潔癖，當然不會再去碰那杯茶，她微笑：「衛斯理曾替一家少年芭蕾舞校剪綵，你說他是不是難請。」

黃蟬苦笑，低嘆了一聲。白素又道：「每個人都有做人的原則，他的原則是，絕不和你們——這一類人發生任何關係。」

黃蟬略翻了一下眼，樣子很可愛：「也不是『絕對』，曾有很多次發生瓜葛的記述。」

白素點頭：「是，應該說，他儘量避免。」

黃蟬道：「其實，我想求教他的事，和政權無關。」

（九）失心瘋

白素聽了，並沒有接腔，她在等黃蟬自己作進一步的解釋。

黃蟬道：「事情其實正投衛先生之所好——那座神木居，難道還不足以引起他的好奇嗎？」

白素微笑：「顯然還不夠。」

黃蟬深深地吸了一口氣，她取出了那兩張裸體的修道男女相片來。

白素看了相片之後的反應，和我一樣，不必覆述了，接着，黃蟬又告訴白素：「那不是真人，只是兩尊木雕像——」白素也笑，表示不信。

黃蟬趁機提出：「請衛先生去一看就明白，白姐自然也一起去。」

白素意動：「在哪裏？」

黃蟬道：「在國家最高機密總部的密室之中。」

白素搖頭：「他不會去，他也不會相信那不是真人，他會以為那是你的花樣。」

黃蟬嘆了一聲：「我還有一些資料——」

白素不等她說完，就道：「他也不會看。上次，若不是他誤以為資料是小郭搜集來的，他也不會看。」

黃蟬又呆了半晌，才道：「白姐，求你，讓他看一看這些資料。」

白素當時的觀感是，黃蟬在提出這樣的要求時，是有無可抗拒的魅力，所以她道：「我一個人只怕不中用，除非你肯和我一起去見他。」

白素的話，令黃蟬喜出望外之至，她雙手高舉，發出了一下歡呼聲。

於是，就有了白素帶黃蟬來見我的那一段經過。

那麼，宋自然呢？

白素在黃蟬的帶領之下，到了神木居。當她看到宋自然的時候，她不禁大吃一驚。宋自然本來，雖然不如他姐姐那樣肥胖，但是也身形健碩，很是強壯。可是此際，卻憔悴得不像樣子，一身酒臭（喝醉酒，或終日在醉鄉中的人，絕不如詩詞中所描寫的那樣飄逸），頭髮蓬鬆，鬍鬚蹦蹋，十足是天橋底下的流浪漢。

白素和黃蟬一起出現在他的面前，可是他卻連看也不看白素一眼，視線死死地盯在黃蟬的身上，身子先是發抖，他抓着酒瓶，狂灌了幾口，又用力搖着頭，叫了起來：「我又看到芳子了，這幻覺真好，我可以看到芳子，又看到芳子了。」

顯然是他在酒後，時時發生幻覺，看到了黃蟬，所以這時，黃蟬真的出現在他的面前，他也以為那是幻覺。

黃蟬也望着宋自然，俏臉之上，神情複雜之至，有很多的惘然和無奈，也有幾分愛憐。

白素在一旁，看了這等情形，才知道宋自然的情形，比她想像之中，要嚴重得多，她雖然曾經歷過許多不可思議的歷程，但卻也未曾有過處理這種場面的經驗，所以一時之間，她竟不知該如何做才好。

這時，黃蟬開了口——聲音聽來很是平淡：「不是你的幻覺，是我真的來了。」

宋自然聽了黃蟬的話，反應奇怪之至。他先喝了一大口酒，然後大搖其頭，慘然而笑，笑容難看之極：「你每次都這樣說，可是當我想觸摸你，你就不見了，這次我不中計了，寧願你在我眼前多逗留一會。」

宋自然的話說得很清楚，聽來也很有條理，全然不像是爛醉的人。

可是白素聽了之後，只感到了一股寒意，自頂至踵而生——宋自然的情形，已經絕不是單相思那樣簡單，他的精神狀態，根本是處在病態之中，那是一種虛妄幻想症。他幻覺感到黃蟬出現，甚至還可以和幻覺中的黃蟬作語言上的溝通，那正是妄想症患者的主要症狀。

而這一切，全是由黃蟬造成的。

白素這時，想起了我對這一類人，為了達到目的，可以不擇手段的評語，她重重地頓了一下腳，以表示她心中的不滿。

宋自然的全副精神都集中在黃蟬的身上，根本沒有注意白素的存在。

黃蟬向白素望來，目光淒迷，竟大有請求白素原諒她的意思。白素心中一軟，只好低嘆了一聲。

黃蟬向宋自然道：「我沒有騙你，你過來，我們可以握手。」

她說着，就伸出手去，宋自然神情緊張之至，猶豫了好一會，才慢慢伸出手去。他的手在劇烈發着抖，等到他的指尖碰到黃蟬的手時，他全身如遭電殛，而且大叫了一聲，縮回手去，連退了好幾步，大口喘氣。

黃蟬不知如何才好，向白素望來，白素嘆了一聲：「我來得太遲了，他已經神經失常了。」

黃蟬連聲道：「我立刻召醫生。」

白素嘆了一聲：「你們太過分了。」

黃蟬苦笑：「白姐，他神經太脆弱了。」

宋自然側着頭，用心在聽黃蟬的話，大是惘然。黃蟬柔聲道：「宋先生，等一會有人來陪你到醫院去——」

宋自然立時道：「你叫我到哪裏去，我就到哪裏。只求你常在我眼前出現，我不會再想觸摸你。」

黃蟬一面點頭，一面長嘆了一聲，神情更是無奈。

我聽白素說到這裏，又驚又怒，失聲道：「這小子失心瘋了。」

白素苦笑：「正是這個病。」

我駭然道：「這……他現在……在醫院？」

白素點頭：「是，黃蟬保證他可以得到最好的醫治和療養待遇。」

我閉上了眼睛一會，連嘆了好幾口氣。白素道：「我去請教過專家。據說，宋自然這種情形，並不嚴重，治癒的機會很大。而且，在治癒之後，多數會把發病的原因忘記，形成局部的失憶——這對宋自然來說，反而是好事。」

我喃喃地道：「但願如此。」

等白素說完了宋自然的情況，我也已經擺弄好了觀看微型資料的儀器，把白素手中盒內的資料放了進去，和白素一起觀看。

才看了一點點，我和白素兩人，就面面相覷，感到口乾舌燥。

因為資料的內容，匪夷所思之極，我和白素，都算是想像力豐富的人，可是也感到一陣接一陣的暈眩，有忽然進入了另一個空間之感。

等到看完，我和白素都好一會不出聲，我取了一瓶酒，就着瓶口喝酒，白素也喝，直到一瓶酒喝完，我們兩人才各自長吁一聲，兩人互望，都在用眼色詢問對方：「該怎麼樣？」

我們看那些資料，算是看得快，也看了超過四小時。資料的內容很是複雜，我把它簡化之後，再整理一下，應長則長，應短則短，務使各位能在最短的時間之內，明白資料的內容。

我先從資料之中記載的兩個將軍的對話講起。

那不過是幾十年之前的事，這個城市被包圍，守軍在考慮了形勢之後投降，成了降軍。降軍被命令放下武器，出城接受改編，降軍之將，和勝軍的司令員，以及雙方的高級將領會晤。

在那種情形下，勝利者自然意氣風發，降軍將領，強顏歡笑，氣氛很是異樣。

勝軍司令員在酒過三巡之後，忽然問：「這城是一座古城，名勝古跡極多，若是攻城戰一開始，炮火無眼，難免有損毀，貴軍放棄作戰，保存民族遺產，功不可沒，值得稱許。」

降軍將領聽了這樣的話，儘管有點哭笑不得，但還是要連聲說「是」，哪敢從牙縫中迸半個「不」字？昔日一樣是手握兵符，統率大軍，如今啟城投降，雖說有「保存民族遺產」之功，但那甜酸苦辣的滋味，也就只有自家心中才知道了。

（要說明的是，在資料的整理和歸納的過程中，我把可以集中的一些資料，都集中在一起，使整件事比較容易了解。）

（這次聚會中的一些對話，就引用了不少資料，對了解整件事，很是重要。）

（發生在後來的一些事，也是一樣——和神木居無關的一些，全叫我刪去了，那是一些很悶人的記載，看起來也很吃力。）

降將軍的臉上肌肉擠出不自然的笑容，咳嗽了幾聲，開口道：「本城——」

他一開口，才說了兩個字，便覺得不妥當。幾天之前，他鎮守這個城市，自然開口「保衛本城」，閉口「本城決不可失」。可是現在他已把整座城市拱手送給了敵軍，這城市和他可再也沒有關係了，再稱「本城」，是不是很合適？但一時之間，他又想不出什麼適合的稱呼來，一口氣嚮不過來，又引起一陣嗆咳，卻也恰好掩飾了他的窘態。

幸好勝軍之將作風粗獷，都不是什麼咬文嚼字的人——也沒有聽出什麼不對來，只望着他，等他介紹本城的名勝風光。

降將軍咳了好一會，才漲紅了臉，連聲致歉，這才道：「古城之中——勝跡處處，最奇怪的，當推『神木居』和那兩株『神木』了。」

說到「神木居」和「神木」，降將軍的臉上，有了自信，他又重覆強調：「那真是怪得不能再怪的怪異。」

他在一句話之中，連用了三個「怪」字，再加上他是當了許多年將軍的人，聲音宏亮，人人都聽得到他的話，一時之間，所有人都靜了下來，想聽他說究竟是什麼「怪事」。

在降軍這方面的軍官，長駐這個城市，自然深知「神木居」和「神木」怪在何處，但是勝軍這方面，卻一無所知，個個興趣盎然。降軍方面，也沒有人出聲，以免打擾了對方聽怪事的雅興。

一時之間，整個宴會廳中，真可以稱得上是鴉雀無聲。降將軍的神情，更和剛才的窘態，大不相同，他清了清喉嚨，正準備把那「怪事」說出來。

可是他還沒有開口，在他身邊不遠處，就先有一個聲音響了起來，叫着降將軍的號，道：「友軍全是唯物論者，素來不信鬼神之說，以反封建反迷信為己任，這種怪力亂神之事，似乎不宜宣揚，不知鈞座以為然否？」

降將軍循聲看去，只見正在侃侃而談的，是他手下的一個師長。這個平日見了他，立正報告之後，身子挺直如棺材板的少將師長，如今竟然來不及地向勝軍討好賣乖，當眾教訓起他來了！

降將軍的臉漲得血紅，真想衝過去，用力摑那師長兩個耳光。可是他的身分，哪裏還允許他有昔日這樣的威風，所以他按着桌子，全身發抖，令得桌上的杯碗，互相碰撞，發出一陣聲響來。

勝軍這方面，似乎很欣賞那師長的話，都笑嘻嘻地望着降將軍，看他如何應付。

降將軍想在他部下之中，尋找幫助，可是人人都避開了他的目光，使他在剎那之間，明白了什麼叫做人性的醜惡。

若是在古典小說之中，像降將軍這樣的處境，就會「大叫一聲，吐血三斗而亡」了。可惜事實上，發生這種情形的機會少之又少。

降將軍不知如何應付，那師長洋洋自得，場面自然尷尬之至，過了好一會，還是勝軍的一個參謀長，肚子中算是有點墨水的替降將軍解了圍，他道：「民間傳說之中，有精美，也有糟粕，必須去蕪存菁，那神木居的傳說，究竟怪到什麼程度？」

降將軍緩過一口氣來，倖然道：「不是傳說怪，是有得看的，實實在在的事，歷代多有君主，親臨觀看。」

這句話一入勝軍之耳，好奇之心，人皆有之，連問「究竟是怎麼一回事」之聲，此起彼伏。

降將軍連盡三杯，才道：「據說，神木居建於元代，全幢屋子，皆用各種珍貴木料建成——」

降將軍接着，就介紹了有關「神木居」的沿革——這一些，在黃蟬給我的第一部分資料之中都有。降將軍的介紹，當然沒有那麼詳細，可是也夠引人入勝的了。

接着，降將軍略停了一停，想是在思索，應該如何說，才不致變成宣揚迷信。

他道：「在神木居的前庭，有兩株巨大的白楠樹，不知從何處移植而來，被稱為『神木』，這神木之中，各有神仙居住，據說是一男一女。」

降將軍說到這裏，勝將軍這個唯物論者，就有點沉不住氣了，他唱了一句歌詞，聲音倒也雄壯，他唱的是：「從來也沒有神仙皇帝——」

降將軍被堵得無法說下去，勝軍的那個參謀長卻連問：「樹中有神仙居住？可是樹中有洞，洞中有人？」

降將軍支吾了半晌，才道：「不知真正情形如何，但都說只要在樹前靜心，就能聽到仙音，有緣者，甚至還能見到仙容。」

參謀長皺着眉：「這就空泛得很了，什麼叫作『有緣』？有沒有人有過這個『緣』？」

勝軍的參謀長，對這個傳說，竟然那麼有興趣，倒很出乎降將軍的意料之外。

降將軍嘆了一口氣：「為了這傳說，我曾駐神木居三年，但未能成為有緣之人，倒是有一遭，最高統帥——」

他「最高統帥」四字一出口，就自知失言，面上一陣青，一陣紅，不知如何才好——他的「最高統帥」，是勝軍方面才宣布了的「首號戰犯」，這失言之責，是再也推卻不了的了。

勝軍司令立時悶哼了一聲，神情難看，倒是參謀長不在意，揮了揮手：「請說下去，他怎麼了？他有緣見到了仙容？」

參謀長用一個「他」字，輕巧地代表了「最高統帥」或「頭號戰犯」，這給了降將軍很大的靈感，他連聲道：「是……是……他在神木居住了三天，每晚在樹前潛心默禱，最後，像是……像是……相信了……樹中有仙……」

勝軍方面，好幾個人叫了起來：「什麼叫『好像』？有就有，沒有就沒有！」

降將軍苦笑：「他……行事高深莫測，我只記得那天，我整晚隨侍在側，到天色微明之前，有短暫的時間，天色漆黑，我忽然聽得他失聲道：『當真如此，已無可挽回了麼？』我以為……他是在向我說話，這句話無頭無腦，也不好回答——伴君如伴虎，說錯了話，會有什麼結果，誰也不知道。」

參謀長道：「聽起來，他像是在和什麼人對話。」

（這個參謀長在整件事中，起的作用相當大。）

（後來才知道，參謀長何以對這個城市的怪事如此有興趣，因為那時，已決定他為這個城市的新統治者，勝軍司令，還要率部征戰，很快就要離開的。）

降將軍不知如何回答才好，正支吾間，勝軍的司令員已大不耐煩，一疊聲道：「這種事，說怪，全是人作出來的，哪裏可以相信！」

他說着，一揮手，叫着降將軍的名字：「閣下準備一下，要進京去。」

降將軍哪裏還敢說下去，連聲道：「是……是，隨時聽命進京。」

在宴會中的有關討論，到此為止，一切經過，是參謀長在事後記述下來的。

勝軍的參謀長文武雙全，是一名儒將。他不但記述了宴會上發生的事，而且還記述着：「是以宴會之後，雖然已是深夜，但還是專程造訪了降將軍。」

降將軍在其時，已經完全被隔離，和他的部下分開，獨居一室，正在前途茫茫，不知如何自處之際，勝軍的參謀長忽然單獨來訪，不免使他又驚又喜，受寵若驚，不過他絕想不到，參謀長是和他來討論「神木」的怪異傳說的。

投降將軍誠惶誠恐地請參謀長坐下，又取出了珍藏的美酒奉上。

參謀長先說了一些門面話，諸如「各位出路，中央必有安排」等安慰的語句，然後話鋒一轉：「上級已有命令，這座城市，由我治理，閣下在城中駐防多年，必有心得可以教我。」

投降將軍面有慚色：「我專攻軍務，這地方上的事，也不甚了了。」

參謀長笑，索性開門見山：「我想問問這神木居的事，特別是你當時侍從……他在樹前等神仙顯靈的事。」

降將軍一聽，起先還有點不明白，但隨即恍然大悟：做了皇帝想成仙。人的欲望並無止境，唯物論者和唯心論者，並無二致。

降將軍來了興致：「參座，在這裏說，不如移步到神木居去說，不是更活靈活現麼？」

這一提議，立時得到了參謀長的同意：「我已派了一個特別連守護這古跡，這就去。」

參謀長可能是早已得知這個城市之中，有「神木居」這個異跡的——這一點，在他的記載之中，雖沒有明言，但是在他的行動之中可以確定。若不是他早已對神木居大有興趣，怎會和一個降將軍賁夜到神木居去深談？

參謀長連警衛也不帶，就和降將軍一起到了神木居，這是參謀長第一次來到神木居，在資料之中，他對神木居和當時的情形，作了詳細的記述，雖然說不上文采斐然，但倒也生動。

他說，那是一個無月無星的黑夜，黑暗如同濃漆一般，可以說是伸手不見五指。但是到了神木居附近，只見半空之中，像是有許多若隱若現的亮點，看起來像是有一大羣螢火蟲在飛舞，然而當時又不是螢火蟲出沒的季節。

直到來得近了，才看清那是植在屋前空地上的兩株大樹，那兩株樹，每株足有三人合抱，怕有三四十公尺高，枝幹交錯，樹葉婆娑，蔚為奇觀。

那當然就是神木居前庭的兩棵大白楠樹，也就是所稱為「神木」的了。白楠樹的葉子不大，葉子反面呈白色，雖在黑暗之中，一陣風過，拂動了葉子，葉背的白點，就有微光閃爍，所以形成了點點星光。

單是這一奇景，已令得參謀長讚嘆不已。降將軍道：「屋子雖有好幾百年，但仍完好之至，想是有了樹神護佑之說，再膽大妄為的人，也不敢破壞之故。」

參謀長沒有什麼表示，兩人下了車，警衛的士兵迎上來，認得參謀長這員虎將，立時敬禮放行，參謀長在前，降將軍在後，進入前庭，面南站定，降將軍指着兩株大樹：「男左女右，當日，他站在左面那株大樹之前……那次，夫人也來了，但是她卻不信有這等事，所以只觀賞了一會，就離去了。」

參謀長來到左邊那株大樹前，抬頭看去，天空全被樹蔭遮住。在黑暗之中看來，大樹就像是形狀怪異莫名的異種生物。

降將軍見了這等情形，心中一動，小心地問：「參座是不是也想潛心和樹神……」

他把下面的話，咽了下去，因為以對方的身分，實在不可能來膜拜鬼神的。

參謀長不置可否，過了一會，只是道：「說說當時的情形。」

降將軍道：「那天晚上，也是和今夜一樣，天色漆黑，我忽然聽得他那樣說，吃了一驚，接着他又連問幾聲：『當真是氣數如此？』隨着長嘆了一聲，就轉身進入了屋子中——從那情形來看，他像是接受了什麼啟示。」

參謀長冷冷地道：「怕是樹神告訴他，必然眾叛親離，兵敗如山倒。」

降將軍沒敢搭腔，過了一會，才道：「他當夜……就部署了大撤退，倒是真的。」

參謀長突然高聲呼喝，一隊士兵奔了過來。

（十）惹禍

這突如其來的行動，令得降將軍大吃了一驚，在士兵立正敬禮之後，參謀長才道：「閣下請回，這一隊士兵，會送閣下回去。」

降將軍雖然覺得受辱，但是也無可奈何，只好在士兵的「護送」之下離開。

在這個故事中，這位降將軍就此淡出了，以後發生在他身上的事，和這個故事無關，當然不必提了。

參謀長成了市長，執掌軍政大權，把神木居保護得嚴密無比，一百公尺之內，不准任何人接近。

他則每晚，不論公務多麼忙，都要到神木居來轉一轉，逗留的時間，長短不一。

他的這種行動，在資料上，並不是他自己的記述——他沒有留下記述，所以也沒有人知道他每晚必到神木居，目的何在。

他不留下記述，當然是他的目的有不可告人之處，唯恐留下了記述，會成為罪證。

可是他的行動，還是被詳細地記錄了下來，那是由於有一個嚴密無比的特務系統，對各級官員不斷地進行嚴密監視的緣故。

（不是危言聳聽，他們的最高首領就曾發怒：「別在我的辦公室裝偷聽器！」）

（連最高首領對特務系統的監視都不能倖免，特務活動之可怖和猖獗，可想而知。）

特務系統的運作，監視着每一個人的行動，參謀長掌管這個城市，按官位來說，也不過是一個中級官員而已，一舉一動，自然都有人詳細記錄了下來，呈報了上去。

參謀長的行動被視為很是奇怪，所以引起了注意。正面試探的結果是「關心文物古跡」──特務系統當然不會滿意。於是，通過國家的文物部門，要派一個小組到「神木居」去作詳細的研究。

但是，那個行動，卻又遭到了參謀長的強烈反對，理由是人一多，會破壞了古跡，他會親自領導專家，進行長時期的研究。

這個理由，經過特務系統的研究之後，被認為「別具用心」，於是佈置了更多的人，在暗中對參謀長進行監視。其中，包括了守護神木居的那一個連隊的連長和幾個排長在內。

在資料中，有大批那些奉命監視參謀長行動的人所作的報告，其中有的文化程度極低，寫的字歪歪斜斜，錯字連篇。令人吃驚的是報告的內容，當真做到了事無巨細，都上了報告的程度。

舉個例來說，參謀長每晚到了神木居之後，停留的時間，詳細到了「秒」，連小便的次數都有。

參謀長自已，是不是知道遭到了那樣嚴密的監視，不得而知。他只是依然故我，每晚必到。

從所有的報告中看來，參謀長每晚必到神木居去，目的是在那兩株大樹之前去潛心靜思。那麼進一步的目的，不問可知，是想和「樹神」取得聯絡了。

在經過了大約一年多之後，特務系統已掌握了神木居的資料，也分析出了參謀長的意思，並且加了一個特別名稱：「妄圖藉鬼神之說，提高自己威信，目無組織，嚴重違紀」——那是可以叫人萬劫不復的罪名。

特務系統的報告，送到了特務頭子那裏，特務頭子看了之後，又呈上去給最高當局。

最高當局日理萬機，他是不是看了那報告，特務頭子也不知道。對特務頭子來說，參謀長這種中級官員的怪異行動，自然也不值得重視，報告送上去之後就算了。

大約又過了一年多，參謀長（應該是「市長」，但為了方便，仍稱他的舊職位）赴京開會，最高當局，忽然單獨召見他。

參謀長是在睡夢中被特務頭子的電話叫醒的，在電話中，特務頭子告訴他：「有重要事召見，請立刻準備。」

參謀長又驚又喜，知道最高當局，常常徹夜不寐，召見臣士，常在深夜。

果然，五分鐘之後，特務頭子來到，告訴他：最高當局召見，特務頭子陪見。

參謀長想問問召見的情形，最高當局會有什麼垂詢，但是特務頭子卻莫測高深地笑，只是道：「召見的過程——由我負責記錄。」

參謀長心中打了一個突：要出動特務頭子親自來記錄召見的過程，可知事情非同小可。

資料中，召見的過程，就是由特務頭子親筆記錄的，特務頭子頗有文名，一手字也寫得龍飛鳳舞，很過得去。

到了最高當局的會客室，最初兩三分鐘，最高當局只是不住地抽煙，參謀長的一顆心，懸在半空。

然後，最高當局才從幾年前的幾次戰役，閒閒談起，那幾次戰役，參謀長都曾參與指揮，立下了赫赫的戰功，是參謀長生平的得意事蹟。

參謀長在這時候，神態輕鬆自然起來。最高當局話鋒一轉：「從衝鋒陷陣，到為民父母官，有點不慣吧？」

參謀長的回答是：「開始確實不慣，但幾年工作下來，也沒有什麼不同，都是有大大小小的困難，等着你去克服它們。」

最高當局悠然吐出了一口煙，在煙篆裊裊上升之中，他說了一句參謀長再也想不到的話：「你當政，不問蒼生問鬼神，這是什麼作風？」

最高當局的口氣雖然並不凌厲，可是本來笑着的參謀長，卻自然而然，霍然站起。

從記錄中看來，這個參謀長是一個極其機敏，應變快絕的人，就算他以前不知道自己早受監視，這時也立刻知道了。

所以，他在不到幾秒鐘的時間內，就決定了自己應該怎麼做。

他先向特務頭子看了一眼，再望向最高當局。最高當局擺了擺手，表示什麼話都可以說，特務頭子不必迴避。

最高當局在這樣做的時候，臉色也不是很好看，那使參謀長知道，自已的決定是對的——最高當局必然是已掌握了若干資料，才會逼他攤牌的。

他先吸了一口氣，才道：「那兩株大樹之中，確實有不可思議的現象存在。」

最高當局「嗯」了一聲：「說具體一些。」

參謀長大聲道：「樹中，有……樹神在。」

他的話已說得很是直接了。

（在這裏，記錄的字跡，其草無比，而且顫動，由此可推測，特務頭子在這時，大受震動——參謀長的話，竟然肯定了有「神」，這當然令人震撼。）

最高當局很是鎮定：「你每晚前去參拜，和那樹神，可有什麼溝通？」

參謀長不禁出了一身冷汗：「裏通外國」是一項大罪，不知多少人在這個罪名之下，萬劫不復。而最高當局此際，竟大有懷疑他「裏通神仙」的行為，那不知是該當何罪？

他不由自主喘着氣，可是儘量使自己的神態和聲音，表示出忠誠。他道：「確是聽說過，若是潛心靜修，能和樹神相通，那是——」

最高當局淡然道：「那是某人告訴你的吧。」

最高當局口中的「某人」，就是那個投降將軍的名字。參謀長至此，再無疑問：最高當局對他的事，知道得再清楚不過。

他答道：「是，事實上，在攻城之前，為了了解情況，曾和熟悉那城市的人，多方面接觸過，所以，也早知神木居的傳說了。」

特務頭子插言：「可是幾年來，你從來也沒有在工作報告中提及過。」

參謀長久歷戰場，自然知道應該如何對付：「在事情未有確實結果之前，就虛張聲勢，捕風捉影，這不是我的工作作風。」

這樣的回答，顯然得到了最高當局的認可，他沉聲問：「現在可有結果了？」

參謀長想了一想：「只能說：略有眉目。」

特務頭子顯然對參謀長很是不滿，所以又「哼」了一聲：「別在語言上玩花樣。」

最高當局卻大感興趣：「說具體一些。」

參謀長再吸了一口氣：「傳說中與樹神有緣的方法，是要潛心靜修，那是只知其一，據我的體驗，在人世間地位越高的人，就越容易和……樹神有緣。」

最高當局對這番聽來十分玄的話，一時之間，像是難以消化，所以連抽了好幾口煙，並不言語。

特務頭子則毫不保留他對參謀長的敵意，他冷冷地問：「以閣下的地位，是不是已經可以通神了？」

參謀長的回答乾脆之極：「超過三年的虔誠潛修，每晚風雨不改，從不間斷，但因為地位卑微，所以只有緣見了神仙一面，卻無緣聆聽仙示。」

這一番話，更是玄得可以，最高當局和特務頭子齊聲道：「你在說些什麼？」

參謀長再把那幾句話一言不改說了一遍，最高當局作了一個手勢，示意各人別出聲，他皺着眉，想了好一會，才伸手向參謀長指了一指。

參謀長吸了一口氣：「這種情形，歷史上一再出現過，這就是數百年來，多有帝皇君主到神木居去的原因，最近的一次是——」

最高當局打斷了參謀長的話：「那一次的情形我知道，不必說了。」

參謀長心知「那一次的情形」，那個投降將軍，當然已詳細說過了。投降將軍自己，幾年來一無所獲，可是他的領袖，卻顯然得到了「仙示」！

特務頭子神情陰森，參謀長也不是省油的燈，趁機損了他一下：「本來，自然最好是首領親自去，但首領如果沒有空，閣下位極人臣，怕也可以與仙有緣。」

最高當局立時向特務頭子斜瞄了一眼，特務頭子的面色，自然要多難看就有多難看。

最高當局隨即盯着參謀長：「你說見了樹神，那是怎麼一回事？」

參謀長咽了一口口水：「就在此次赴京之前，我照樣在大樹之前，摒除雜念，一意靜思，突然之間，就看到了樹神，是一個赤裸的高髻男子，盤腿趺坐，神情安寧飄逸，真是神仙一樣。」

他說了之後，又補充了一句：「當時我根本閉着眼，可是卻清楚看到，真是奇絕。」

最高當局追問：「一個赤裸男子？他身在何處？」

參謀長猶豫了一下：「應該是身在……那大樹的樹身之中，首領是不是要親自去體驗一下？」

參謀長這樣提議，自然是好意，出於一片對首領的忠誠，希望首領能和樹神有緣。

可是，他卻忽略了最高當局乃是一個霸氣十足的人，在他的心目之中，天上的玉皇大帝（如果真有），地位也至多和他這個人間皇帝相若而已，區區樹神，什麼東西，值得他去參拜？

所以，參謀長的話才一出口，最高當局就臉色一沉：「我為什麼要去？真有這種事，就該叫他來見我！」

這兩句話，最高當局說來斬釘截鐵，堅決無比，意圖也很是清楚。但是參謀長聽了，卻目定口呆，一時之間，不知如何才好，張大了口，像是傻瓜一樣。

足足過了十幾秒，參謀長才結結巴巴道：「如……何請他來見……」

最高當局的神色更難看，也更傲然，卻不出聲。特務頭子冷笑：「那還不容易，把那兩株樹，齊地鋸了，運進京來。」

參謀長當時的反應，據特務頭子的記載，在聽了這句話之後，是「面如土色，全身發抖，汗出如漿，若非心懷鬼胎，不致如此。」

特務頭子的斷語，雖然嚴重了些，例也不是完全空穴來風，參謀長曾超過三年在樹前「參拜」，他是不是真的只「見」了樹神一次，還是另有所獲，除了他自己之外，誰也不知道。

若不是他有心事，聽了特務頭子的話，也不致有這樣的反應。而在特務頭子的記錄之旁，還有最高當局的「御筆親批」四個字：其心可誅！

有了這樣的批語，參謀長的官運，自然也到了盡頭，不多久，他就被調到了大沙漠去督造輸油管了。

卻說當時，參謀長一聽得要鋸樹，反應強烈之至——這實在是正常人的正常反應，我和白素在看資料看到這一處時，也大是駭然，幾百年的古樹，何等難得，怎麼能說鋸就鋸，太妄為了。可是轉念一想，萬千人的人頭，說落地就落地，大人物行事，自有其非凡的氣派，不是平常人所能理解的。

特務頭子不懷好意地冷笑：「有什麼困難，中央可以協助。」

參謀長是一市之長，要鋸兩株樹，還要乞助中央，當然說不過去，到這時，參謀長已經知道，「樹神」和自己的行動，害了自己：最高當局不願意自己手下的官員之中，能有和「神」溝通的，就算真的有神，也要由最高當局自己來領受神恩。

明白了這一點，參謀長知道事情已再無法挽回，所以他立時回答：「是，我一回去就辦。」

最高當局的指令，令參謀長出了一身冷汗。最高當局在吐出了一大口煙之後，徐徐道：「你且別回去，留下來，把你如何見到樹神的經過，詳細寫一份報告，越詳細越好，立刻就做！」

參謀長大聲答應，最高當局又對特務頭子道：「看着你用什麼名義，下去到那裏去看一看。」

特務頭子也大聲答應，他在第二天，就用了一個什麼文物古跡考察團的名義，到了那個城市。上午到，下午就把那兩株大白楠樹，齊地鋸了下來，把繁枝雜葉去掉，動用軍隊的力量，把兩株樹運進京去。

所以，神木居之前的空地上，那兩株樹就不見了，變成了光禿禿的空地。那兩株大樹被鋸，也超過三十年了。

我說過，資料相當亂，大樹進京之後，如何處置，要在隔了許多文件之後才有披露。

接下來的資料，是一份報告，也就是最高當局吩咐參謀長所寫，要越詳細越好的那份報告。

在這份報告之後，有一行很是娟秀的字，註明：「這份報告所提及的資料，十分重要，最初的研究者顯然忽略了，請衞先生注意。」

在這行字的下面，用極簡單的線條，畫着一隻看來很可愛的蟬，那自然是黃蟬的名字了。

我和白素，的確十分用心地看了參謀長的報告。報告寫得詳細之至，連他自己的心路歷程，也翻來覆去地表白。參謀長把報告寫得那樣詳盡，自然是想得到最高當局的寬大。可是在報告的結尾處，卻又有最高當局的「御筆」批註：「一派胡言，調到沙漠去。」

參謀長的報告太長，無法原文引用，只好由我來歸納一下。

先有前因，參謀長在入城之前，已經在偶然的機會下，得知「神木」的傳說。進城之後，再在降將軍處，得知那兩株大樹，確有神異之處，他就起了心，想和神靈有所來往，這便是他風雨不改，每晚必然要在大樹之前，逗留一會的原因。

雖然一年兩年過去了，他並沒有得到神仙的什麼訊息，他也有意放棄了，但恰在那時，各種「氣功」的修煉法，到處盛行。

而其中的一種修煉法，就是在百年古樹之前作深呼吸，據說可以吸收古樹的精華，縱使不能立地成仙，也可以延年益壽，增進健康。

參謀長也就堅持了下去，因為那三年來，他雖無所獲，但身體狀況，一直很好，他也以為那是大樹給他的好處，所以一直實行了下去。

他並沒有騙最高當局，他「見到了樹神，確然是近期的事。」

那一晚，在經過了繁重的公務之後，他又來到了「神木居」，在左首的那株大樹下，跌坐了下來，在漸漸進入靜心潛修的境界之前，他突然毫無來由地想起，佛祖釋迦牟尼，也是在一株大樹之下，頓然悟道的。是不是說明了人和樹木之間，真可以有共通之處呢？

一想到這一點，他就覺得自己幾年來雖然一直在大樹下靜思，但是和大樹之間，保持着距離，不夠親近，是不是由於如此，所以才並無所獲？

他睜開眼來，四周圍沒有人——警衞早已習慣了他一人獨處了。

他知道，自己的行動就算怪一點，也不會有人看到，所以他移近大樹，仍然跌坐，但是卻張開雙臂，抱向大樹的樹幹。

大樹的主幹很粗，他一個人根本抱不過來，他就把手臂儘量伸長，這一來，他的身子，也自然而然，貼近了樹幹，而且，努力伸長手臂的最後結果，是連前額也抵到了樹幹上。

這時，他的姿勢，已經堪稱相當怪異。照說，維持這樣的姿勢，很是吃力，不會舒服。可是他卻一點也不覺得什麼彆扭，反而覺得心神寧貼，有着說不出來的舒暢。

漸漸地，在他的意識之中，他覺得自己和大樹，已經逐點逐點，融為一體。

他在記述那段經歷的時候，更是詳細，不住反覆地重覆着他自己的一些感想，不少地方，玄之又玄。例如他就說不清楚那種「人樹合一」的具體感覺是怎樣的。他甚至說不知道是他進入了樹中，還是樹進入了他的身中。

他開始有從來未曾有過的感覺——正因為這種感覺是他從來未曾有過的，所以他全然沒有法子去形容。

他知道，自己找到了正確的方法，大樹確有奇異之處，他可以通過這個方法，和傳說中的「樹神」，有所接觸，可以進入生命的一種新的境界。

當他有了這樣的感覺時，他有一種極其怪異的興奮，陡然之間，除了與生俱來的兩隻眼睛之外，他又有了第三隻眼睛，而且，通過那隻眼睛，他看到了一個全身赤裸，梳着高髻的男人，雙目半開半閉，盤腿趺坐，一望兩知，不是凡夫俗子。

這個人是怎樣給他突然「看」到的，他也說不上來。但是他確然是「看」到了這樣的一個人——接下來，他用了許多形容詞，來形容他看到的那個人的樣子。

有趣和怪異的是，參謀長在他的報告中，說彷彿通過了他「第三隻眼睛」看到的那個人，顯然就是黃蟬所展示的照片中的那個男人。參謀長看到了這個男人之後的形容，和我看了照片之後的觀感，十之八九近似。

我略停了一停，對白素道：「就是這個人。」

白素秀眉打結，可知這怪異的事也困擾着她：「照片上的不是人，黃蟬說那是木雕像。」

我堅持：「參謀長看到那個人的時候，那個人在什麼地方？」

我的問題，沒有得到回答，我自己假設：「有力量影響了參謀長的腦部，使他『看』到了那個人，那個人有這種力量。」

白素嘆了一聲：「黃蟬說是木雕像，她沒有道理虛構出這樣的事來。」

我用力搖了搖頭：「且看下去再說。」

自然只有「看下去再說」，因為事情越來越怪，不可解的事也越來越多了！

（十二）爆裂產生

再看下去——參謀長「看到」了那個人，一下子就認定了那是樹神，剎那之間，人對神的傾慕之情，自他的心底深處，洶湧而出，他心情激動之極，甚至無法記得自己報告了些什麼。

究竟這種現象維持了多久的時間，他也說不上來，他在報告中說的是：「一切如同夢幻，但又是實實在在的經歷。」而且他又說，他在有了這個奇異的經歷之後，立即就想到要向上級報告，最高當局問起，他自然傾其所知，作出報告。

參謀長的報告，顯然未能使他的最高當局滿意，也未能使我和白素滿意，因為參謀長說了他的經歷，只寫了表面現象，並未曾寫出他是不是得到了什麼訊息——來自樹神的訊息。

若說他根本沒有得到什麼訊息，那麼樹神的現身，就變得很突出，沒有意義了。

我把我這一個看法提了出來，白素卻道：「或許，樹神現身，本身就是在傳遞一種訊息。」

我問：「傳遞了一種什麼訊息呢？」

白素想了一會：「至少告訴了人，有這樣的一個奇異的現象，和大樹有關。」

我苦笑：「若是這樣，那樹神可以說做了一件蠢事——導致那兩株大樹遭了劫難，被鋸了下來，等於是遭了殺身之禍。」

白素沒有再說什麼，緩緩地搖着頭。事情古怪，連假設也很難作。我作了一個手勢，再繼續去看資料，最關心的自然是那兩株被鋸下來的樹，下落如何。

資料展示，那兩株大樹，好不容易被運進京去之後，最高當局只去看過一次，並沒有說什麼。

這樣的兩株大樹，存放不易，沒有什麼單位肯接受，各部門之間，頗推搪了一陣，結果，就歸入奇異現象研究會，被放在空地上，倒也不是全然無人照顧，而是定期有人觀察的。

觀察者並且作了記錄，前後共有超過十個人作過記錄，很奇怪的事，所有的研究者，都一致認為兩株大樹，雖然被鋸了下來，但是並未「枯死」，樹的生命，竟一直維持着。

可是研究員是根據哪一方面的跡象來斷定這一點的，卻又沒有明說。是大樹繼續抽枝發葉？還是另外有什麼跡象，叫人相信它還活着？

樹木自然是有生命的——植物形式的生命。但在鋸斷之後，生命自然也結束，決不能再活，為什麼又會叫人感到它仍然「活着」呢？

可惱在資料之中，竟然沒有圖片——我直覺認為是黃蟬並未把圖片交給我們。

還沒有到最重要的一點：黃蟬所展示的照片中的男女，是從何而來的？

那一段經過，更是怪異。

原來黃蟬被委派成為「奇異現象研究會」的主管人，怪事就在她的任內發生。

黃蟬就任這個會的主管之後，由於「奇異現象」實在太多，那兩株大樹，也沒有引起她的特別注意。只是由於這件事，曾「上達不聽」，所以在檔案的編排上，地位很是突出，是黃蟬新官上任之後，首批接觸的個案之一。

在三個月前，她接到了報告，那兩株大樹，有「密集的爆裂聲傳出」。於是，她就去察看。

這是她第一次看到那兩株大樹。

儘管在事前，她已知那兩株大樹的不凡，但是在她親眼見了之後，仍然嘆為觀止。

（黃蟬在此處，化了不少筆墨形容「親眼看到」和「閱讀資料」之不同處，目的顯然是要引發我去「親眼一看」，可說用心良苦。）

黃蟬看到的，她強調，絕不是「兩段大木」，而是「兩株大樹」。雖然無枝無葉，但是給人以強烈的生命感。

我和白素不知道黃蟬是不是在這裏故弄玄虛，但是她形容得很籠統，叫人不容易明白。

而大樹確然有「爆裂聲」傳出，劈劈啪啪，一如樹木在燃燒時發出來的一樣。

可是樹幹本身，卻並沒有裂開的現象。兩株大樹都極高大，被斜擱在一個大廣場上。黃蟬曾用小刀削下一塊樹皮來，發現樹皮潤濕，青綠，有樹汁，和一株鮮活的樹所呈的情形一樣。

這是最實在的描述了，照正常的情形來說，被鋸下來的樹，已超過了三十年，決不可能有這樣的情形。但是也有可能有特變，黃蟬的記述中，這樣表示了她的意見：就算是人體，也有埋在土中超過千年，肌肉非但不腐爛，而且還保持水分，充滿彈性的記錄。

黃蟬能有這樣的聯想，給我的印象很好。她接下來的一段文字，更惹我好感。

她這樣記述：「著名的異象探索者衛斯理，曾記述過一個被密封了的唐代女性屍體上，還有存活的細胞，以致發展成了新的生命。所以要再令大樹復生，也不是沒有可能的事。」

看到了這一段，我不禁微笑，白素在一旁笑：「真是千穿萬穿，馬屁不穿！」

我抗議：「稱我為著名的『異象探索者』，這不算是拍馬屁吧。」

白素笑而不答。我吸了一口氣，知道快到緊要關頭了，所以看得更用心。

黃蟬下令加強注意，一有異象，立刻向她報告。

第三天，她接到了報告，兩株樹的主幹上，都出現了裂縫——在發出了一下清脆的爆聲之後，就出現了筆直的貫通了整個樹幹的裂縫，寬約一毫米。

接到了報告之後，黃蟬立即去察看，那裂縫筆直，使用測量工具，也不會有這樣直。

黃蟬立即下令，動用了X光儀器，去探測有什麼變化，結果是並無異狀，探測的結果，樹就是樹，除了木質之外，別無異物。

黃蟬在這裏特別註明：「請特別留意此點。」

我知道以後必然有些事發生，指着那行註明：「難道後來有什麼東西從樹中生出來？」

白素望了我一眼——我的話，聽來很是駭人，但是她竟然覺得可以接受。由此可知，我們所得的資料，實在已令我們吃驚之極，一些想法都出了格，在這種情形下，特別容易作大膽的設想。

接下來的每一天，在固定的時刻，正午和午夜，大樹每天都有兩次發出同樣的爆裂聲響，每次裂開的闊度，都是一毫米。

也就是說，在五天之後，樹幹上的裂縫，已闊有十公分左右。

在裂縫只有兩三公分寬的時候，黃蟬就應用強烈的照明設備去照射，在強光之下，看到裂縫深約五十公分，看進去，並沒有什麼發現。

黃蟬估計，照這樣的速度演變下去，大樹的樹幹，可以在一個多月的時間之內，裂成兩半。

在接下來的日子中，大樹仍然依時爆裂，黃蟬感到了極度的迷惑，和各方面接觸，想弄明白究竟怎麼一回事。可是所有人都無法作出任何假設。只有一個想像力很豐富的植物專家，發表了一些獨特的意見，他說：「植物有生命，人人皆知，但是植物有感情，卻少人知道，植物沒有神經系統，人人都那麼說，但我們對植物究竟知道多少呢？我認為，這兩株大樹，是在一種絕望的情形下，正進行死亡的分裂。換句話說，它們是在自殺。」

大樹自殺，而且是在被鋸下三十多年之後再自殺，實在匪夷所思之至。但是他說植物有感情，我是同意的，在我的經歷之中，曾遇見過由植物，循植物生命方式進化而來的人，外形和由動物生命方式進化而來的人，外形幾乎一模一樣。

資料中沒有黃蟬在聽了這番話之後的反應，倒記述着當裂縫在超過十二公分之後，黃蟬為了要弄明白究竟發生了什麼事，伸手進去摸索。

我看到這裏，不由自主，發出了「啊」地一聲。白素道：「這需要相當程度的勇氣。」

我同意，因為事情本不可測，而她如此敢於冒險，這使我對她的觀感，又有了一些改變。

黃蟬記述着她自己伸進手去的經過，很是詳盡。她說，當她決定了這樣做之後，她吩咐一個手下，執一柄利刃，守在一側，只要她一覺得有什麼不對，大叫一聲，她手下就立刻揮刀砍斷她的手——那樣，至多犧牲一隻手，不致於喪生。

黃蟬的這種安排，雖然誇張了些，但也可見她行事之果斷——如果樹中有什麼怪物，咬住了她的手，又傳送什麼毒素過來，她的安排就有用了。

她伸手進去，憑手指的感覺，結果頗令人啼笑皆非——她摸到了木頭。

伸手進了大樹樹幹的裂縫之中，摸到了木頭，這結果再正常也沒有。

可是一切事實是如此異特，又絕不應該有那樣的結果，所以益發見事態之詭異。

黃蟬摸得很是小心，摸來摸去，摸到的都是木頭，手指是在木頭上移來移去。只是覺得，有些凹凸不平——絕非粗糙，而是在很光滑之中，有些起伏的曲線。

她儘量移動她的手，感覺上是摸到了一個木質的東西，至於那是什麼，卻說不上來。

一直到了那裂縫，擴大到了三十公分時，已經很容易可以看清裂縫內是什麼了。

裂縫之內是木頭。

或者可以說，是大樹的樹心，大樹如果在完全裂開之後，光滑的樹心就會顯露出來。

是什麼力量，又有什麼目的，使大樹要進行這樣的變化，黃蟬百思不得其解，只好靜待其變。

七七四十九日之後（這是一個很神秘的日子），午夜時分，一聲比往日更大的聲響，大樹完全裂開，有直徑約五十公分，長度約兩分尺的樹心，滾跌了出來。

兩段樹心的木質，很是光滑，在廣場上並排滾動得極快，一時之間，在場的人，包括了久經應變訓練的黃蟬在內，都驚呆了，不知道那是什麼妖異。

等到黃蟬定過神來，想要下令，制止那兩大段圓木滾動時，更怪異的事又發生了。

只聽得又是一下爆裂之聲，那兩段樹心，在突然靜止之後，又再齊中裂開，裂開之後，在樹心之中，突然彈起一男一女，全身赤裸，頭梳高髻，盤腿跌坐，出現在各人之前。

黃蟬記載着，當時在場目擊這異事發生者，連她在內，共十七人，資料之中，詳細地列明這十七人的姓名、職位等等。

黃蟬還記述着，當她目擊那種奇異的現象時，她的腦部活動，根本無法正常運作，所以在那剎間的想法，也不是很合常規。

她首先想到的，竟然把那裂木而出的一男一女坐像，當成了是放在盒中的「不倒翁」——盒子跌在地上，跌開了，不倒翁跌出來，自然而然，豎直了身子。

接着，她混亂的思緒，又忽然想到了一些植物傳播種子的方法，也是利用開裂的動作，把種子彈出來的。豆科植物，芝麻乃至鳳仙花，都用這種方法來散播種子。那一男一女裂木而出的奇景，也有點像大楠樹的種子成熟，所以樹幹裂開了，把他們彈了出來。

她又想到，大樹像是孕婦，在樹中孕育了那一男一女，等到成熟了，就用這種方式，把他們帶到了人間。

黃蟬把她在那剎間的感想，詳細地記述了下來。

我看到這一部分時，用手拿住了顯示微縮軟片的熒幕，望向白素：「這女人……竟以為我會相信她的記述？」

白素的反應很平淡：「或許，她以為衛斯理可以接受任何不可思議的事。」

我「哈哈」一笑：「別對我寄以太大的希望，像她記述的事，我不會相信。」

白素道：「請給我一個不相信的理由。」

我怔了一怔，這「不相信的理由」，一時之間，還真不好說。我提高了聲音：「請給我一個該相信的理由。」

白素揚了揚眉：「那一男一女兩個像，他們還在，只是你不願去看。」

我再揮手：「就算有那兩個像在，也難以想像他們是從樹木之中迸出來的。」

白素笑：「看來衛先生的想像力，比起那位吳先生來，差得遠了！」

我有點惱怒：「你說到哪裏去了，哪位吳先生？」

白素只給了我三個字：「吳承恩。」

我呆了一呆，吳承恩，他的名著是《西遊記》，其中的主角是一隻後來皈依了佛法的猴子，這隻猴子是從一塊大石中迸出來的。

一塊大石孕育出了會七十二般變化的神猴，這樣的想像力，自然比大樹之中，孕育出兩個人像來，要豐富得多了，我確然自愧不如。

可是，神話是神話，事實是事實，我的朋友之中，年輕人和黑紗公主，聲稱他們曾進入神話世界，而我現在，卻分明是在人間。

我仍然大搖其頭：「她一定另有目的，所以才把故事編得離奇怪誕，想引我入彀。」

白素低嘆了一聲：「成見，俗稱『有色眼鏡』，很阻止人作出正確判斷。」

我沒有再說什麼，接連悶哼了好幾聲，才放下了遮住熒幕的手。

黃蟬仍在說她的想法，她一直以為那從樹心中迸出來的一男一女是真人，一直到她大着膽子走近去，伸手觸摸到了他們，才大吃了一驚——竟是木質的！

本來，應該是從樹中迸出了兩個活人來，才叫人吃驚的。可是由於那一男一女，太像真人了，在半開半閉的眼中，似乎有眼光在閃耀，而竟然是木頭的，這就叫人驚上加驚！

黃蟬在定下神來之後，心知這檔異事，實是非同小可，所以當場宣布，發生過的一切，列為國家最高機密。把那一男一女，搬入了密室，動員了許多專家，也動用了許多儀器，對這兩座像進行研究。

研究的結果倒一點也不出人意表：人像的質地是白楠木，連確實的木齡都測出來了：六百四十一年。

這個準確的數字，給了黃蟬相當的啟示。

她知道「神木居」是元朝建造，那兩株樹也是在相近的時間移植的，這數字正好吻合。

而且，她同樣檢查了大樹，樹齡是六百七十年，樹心的木齡，則和人像相同。

那也就是説，兩株大楠樹，在成樹之後約三十年，就發生了奇異之極的變化——在樹幹中間，開始生出一段新的木質，而在那段木質之中，又孕育了兩個人像，經歷了六百多年之久，這兩個人像，才裂木而出。

這説明了什麼呢？

黃蟬提出了這個問題，接着，是一個大大的問號。

資料至此，已簡述完畢。

我先發表意見——舉高了手：「保證沒有成見。」

白素搖了搖頭，表示不信，我道：「植物天然形成人形的情形，多有發生。人參、何首烏，多有人形。」

白素揚眉：「像到了這種程度？再好的藝術家，也造不出這樣的雕像來。」

我道：「鬼斧神工，大自然的傑作，不是人為所能及於萬一。」

白素皺眉：「實際一點。」

我道：「植物會變人的例子也不是沒有，多有花木成精的故事，《聊齋誌異》中最多。也有傳説之中，人參到了三千年以上，就會變成小孩子滿山亂跑——也是赤身的，看來花木之精，不擅着衣。」

白素嘆了一聲：「別胡言亂語。」

我否認：「不是胡言亂語，這兩個人像，説他們是樹精也好，是樹神也好，總之，和傳説中的各種精怪，都可以發生關係。」

我確然是十分認真地在運用我的想像力，對這怪事作出假設。白素也不再説我「有成見」了。

她眉心打着結，我知道她正在設想什麼，所以沒有去打擾她。

過了一會，她才問：「原振俠醫生曾説過，他認識一個怪醫，曾經製造出一個可能是人蛙合一的怪物，他曾在黑暗之中，碰到過那精怪的皮膚，滑膩如同蛙皮？」

我立刻知道白素這樣問的意思，我用力搖頭：「蛙和人合一，還可以設想，因為大家究竟全是脊椎動物，而若是說動物可以和植物結合，這未免……難以設想。」

白素妙目盼兮，向我望來，我立時知道自己說錯了話，而且，也立刻知道自己錯在何處了！

動物和植物的結合，非但可能，而且早已實現。遺傳工程學家把螢火蟲的基因，和煙草的基因相結合，就產生了會發光的煙草。

而且，從理論上來說，生物的遺傳基因，可以作無數的配合，如果把蘋果和牛的基因結合，可以產生出牛角上會結出蘋果的牛，或是樹上會長出牛肉來的蘋果樹。

這門在近二三十年中，迅速發展起來的科學，在理論上來說，可以造出任何怪物來。

遺傳基因工程學集中研究的是生物的「脫氧脫醣核酸」，簡稱ＤＮＡ，那種隱藏在細胞中的東西，蘊藏着一組密碼，包含了生命的全部奧秘。

人類的科學已經闖進了這個極度神秘的領域，雖然才起步不久，但是前程之廣闊，可供想像的天地之寬廣，已經令人神為之奪，氣為之窒！

我這時，只是略為想起了一些，已經禁不住臉色蒼白了起來。

白素緩緩地道：「你想到一些什麼了吧。」

我道：「不具體，但是……至少，動物和植物是可以結合的。」

我說到這裏，陡然吸一口氣：「和黃蟬聯絡。」

白素立刻拿起了電話來，看來，她早已知道，在我看完了全部資料之後，必有此舉。

電話一通，就聽到了黃蟬的聲音：「全看完了？」

我和白素齊聲道：「全看完了。」我加了一句：「資料好像還不完善。」

黃蟬立即道：「再完善的資料，也不如親眼看實物的好，衞先生，你說是不是？」

我想了一想，才有了回答：「請你先到我這裏來一次再說。」

黃蟬立時答應，不到半小時，她就來了。在她來之前，我和白素，又各抒己見，作了一會討論。

黃蟬一到，我開門見山就問：「你究竟有什麼目的，非要探索那一男一女，兩個『木人』的秘密不可。」

黃蟬沒有立刻回答，白素柔聲道：「你不說，他不會再繼續下去。」

黃蟬咬了咬下唇，神態極動人，她昂首甩髮：「好，我說——怪事發生之後，我作了報告，一個首長看到了報告，也來看了那兩座像，他認為，那兩個確然是樹神，是吸收了大樹經數百年的精華，修煉而成的。」

我又是好氣，又是好笑：「那又怎樣？把他們煮湯來喝，可以延年益壽？」

（十二）異種生命

黃蟬苦笑：「不，首長認為，那兩個樹神，應該可以有生命，他下令要我設法令他們還陽。」

我要竭力忍着，一句粗話才沒有出口。

我的神情自然不屑之至：「怎麼亂七八糟的，什麼叫『還陽』？木頭人根本沒有生命，沒有靈魂到陰間，如何能叫他們還陽！」

黃蟬直視着我：「那位首長的想像力很是豐富，他認為，一定是早幾百年，有人進入了樹身，潛身樹中修煉，本來是有生命的。」

我瞪着黃蟬：「當然是有生命，樹的生命。」

黃蟬卻道：「人的生命。」

我仍然瞪着她：「那位想像力豐富的首長，如何想像兩個木頭人會有人的生命？」

我語中有諷刺之意，那是誰都可以聽得出來的。黃蟬側着頭：「他的假設，也可以説是我的假設——至少，我同意了他的假設——」

一直以來，黃蟬不論説什麼，都十分直截了當。可是這幾句話，卻説得拖泥帶水，囉唕無比。

我皺着眉，正想表示我的不耐煩時，白素已然道：「我明白了，這假設，確然大膽之極，簡直是難以想像的想像，你和那位首長，都了不起，確然想像力豐富之極。」

我更是有點惱怒了——連白素的説話也變得這樣不明不白起來，這絕不是她一貫的作風。

我向她望去，一和她的目光接觸，我就立刻感到，她的目光之中，含有責備之意。我怔了一怔，先想到的是：怎麼我沒有怪她，她倒反而怪起我來了？

繼而一想，莫非是我疏忽了什麼，應該想到的，卻沒有想到？

再接着，腦中靈光一閃，我也想到了——那幾乎是難以想像的想像。

我張大了口，剛才我還嫌黃蟬和白素說起話來，不明不白，現在我比她們的表現還要差得多，我竟然張口結舌，一句話也說不出來。

還是白素先開口，她對黃蟬道：「你們研究的時間長，一定已找到了適當的語句，可以把這種設想表達出來。」

我連連點頭，表示同意，因為一時之間，我確然找不到適當的語句去表達。

黃蟬一字一頓，用她那動聽的聲音道：「我們認為，若干年之前，有人把人的最初生命形式，和樹的最初生命形式結合，使它們一起生長，這才形成了如今這種奇異之極的現象。」

黃蟬的話，說得再明白也沒有了！

人的最初生命形式是什麼呢？

是一枚受精卵子。

樹的最初生命形式是什麼呢？

是一粒雌雄結合了的花粉。日後，極其複雜的生命形式，都從這最初的開始演變出來。而在這最初的開始之中，已經固定了生命日後演變的一切過程。

受精卵會變成人，花粉會變成種子，成為大樹。

如果在最初的開始，就令它們結合，把兩者的遺傳密碼混合，那麼結果會發生什麼樣的演變？

當初進行這種混合的人，不知道是不是能預見到今日的情形？今日的情形是：木中有人，人中有木，孕育成熟，木還會把人「產育」出來，分明是人，卻全是木質。全是木質，卻又分明是人。

這樣的人，是不是有生命？

能令這樣的人有生命，是不是可以說把這種人的靈魂找了回來，在某種意義上來說，也就是令這種人「還陽」了——由木頭人變成了活人！

剎那之間，我的思緒紊亂之至，我甚至想到，這樣的「木人」，會不會在陽光、泥土、水分的作用下，生出根和葉來，又由木形人，變成人形木。

我的思緒，雜亂無章，想到哪裏是哪裏，我相信白素，甚至是早已有了這樣設想的黃蟬，這時也一樣思緒紊亂，因為事情實在太「不能想像的想像」了。

我當然有極多的疑問。在眾多的疑問之中，我最先問的一個是：「有什麼目的？」

要令人形木，變成有生命，目的是什麼？

黃蟬吸了一口氣：「樹木的遺傳基因，可以使樹木的生命，延續好幾千年，而人的遺傳基因，使人的生命，在六十年之後，就進入了衰老期。」

我抬起頭來，長長地呼出了一口氣，我明白了，目的是老課題：長生不老。

人為了追求「長生不老」，用盡了方法，從來也沒有成功的公式——個別人「成仙」的例子，也確然是由於遺傳基因得到了徹底改變的結果，但是想到利用樹木的長壽基因，那真是古怪至於極點了！

我苦笑：「確然，那兩個人已經得到了樹木的生命形式，可以好幾千年不衰老，可是，這種形式的長生不老，又有什麼意思？」

黃蟬的語調有點急切：「他們既然有樹木的遺傳，也必然有人的遺傳，要是能令他們恢復人的遺傳，也就等於令死人還陽，成了活人！」

我不由自主搖着頭——事情更怪誕了，如果能做到這一點，那麼，這個人的肌肉組織是木質的，骨骼也是木質的，內臟又是什麼質地的呢？是不是有的地方，組織如人，有的地方，組織如樹？

如果這樣，那多半骨骼是木質的了。

我忽然又想起，在中國的骨傷醫術中，有「柳枝接骨」之術，植入骨中的柳枝，會被鈣化，成為骨骼。這兩個木質人，是不是也會有這種變化？

我感到暈眩間，黃蟬道：「我們感到，這種事全然超越了人類的知識範圍，只有請衛先生來一起商議，才可能有結果。」

我勉力定了定神：「可是你們所用的方法，也未免太迂迴曲折了。」

黃蟬苦笑：「你該知道你的『保護罩』是多麼難以攻得破，我們也是不得已。」

我「哼」了一聲：「我的保護罩算得了什麼，有比我更懂得保護自己的。」

我這時，已經想到，這樁奇事，既已發展到了這一地步，我想要不參與，已是不可能的了。

但是，我自度並沒本領徹底解決它。雖然我可以作出若干假設，但都不能真正解決問題，而我心目中，已有了一個不必解決這宗怪事的好所在，這個所在隱秘之極，所以我在說出來之前，先有了那兩句話。

那句話一出口，我忽然覺得白素伸指，在我的腰際，輕輕點了一下，那是她在示意我不要再繼續說下去——她在作出這樣的示意之前，當然知道我將要說些什麼，由此可知她的想法和我一樣。

白素一方面阻止了我的話，一面已在問黃蟬：「相信你們不單有假設，而且必然已經繞着這個假設，作了不少研究。」

黃蟬立即道：「是。」

白素再問：「你們的研究，已有了什麼結果？」

黃蟬道：「可以說一言難盡——絕不是我們不願公開研究的結果，而是實在很複雜，不是三言兩語所能說得明白，最好的辦法是——」

她說到這裏，頓了一頓，我已接了上去：「最好是我們親自去看！」

黃蟬點頭：「正是。」

我和白素互望，白素有鼓勵我答應的神情，我則還很是猶豫。

黃蟬道：「保證沒有任何節外生枝，保證沒有和研究人員之外的任何接觸，保證不對兩位作任何干犯。」

她一口氣說了三個「保證」，態度誠懇之至，我嘆了一聲，心想就算是一個陷阱，我也非跳下去不可，因為事情實在太奇特有趣了。

於是我道：「好。」

一見我答應，黃蟬這個身分如此異特的美人兒，意像是小女孩一樣，拍手歡呼，一跳老高！

黃蟬確然諾守着她的保證，一架專機，由她駕駛，直飛目的地——並不是我故作玄虛，只寫「目的地」，而是我真的無法知道那是什麼地方。飛機在經過了我可以辨認的山脈和城市之後，機艙的窗子，忽然起了變化，成了鏡面，那是通過溫度的提高而得到的效果，於是我再也看不到外面的情形。

我悶哼一聲：「鬼頭鬼腦。」

白素卻原諒：「若是主人有不想客人知道的秘密，應該有保密的權利。」

她說了這句話之後，忽然改用唇語向我道：「我不讓你說出勒曼醫院來，也同樣是為了保密！」

我笑着點了點頭——白素果然知道我的心意。勒曼醫院，只有勒曼醫院的那些醫生（其中有不少來自外星），才能解決這個玄秘。在地球上，也只有神秘的勒曼醫院，才對生命的奧秘有相當程度的認識，可望在這種基礎上，解決這個樹和人之間的關係的謎。

我當然也知道白素阻止我說出來的原因——勒曼醫院的存在，已不是絕對的秘密，對於醫院幾乎已掌握了長生不死的奧秘，太震人心弦，不知有多少強勢力想和醫院發生聯繫而不果。

若是因為這件事，而使他們和勒曼醫院有了聯繫，那會給勒曼醫院帶來極大的麻煩！

所以，不宜提起。

後來，更證明了黃蟬他們，進一步的目的，正是想通過我，和勒曼醫院取得聯繫——這一點，我也早有自知之明，自知沒那麼大的利用價值，勒曼醫院才有！

飛機降落之後，四面環山，不知身在何處，山谷之中有兩組建築羣。我出言譏諷：「這奇異現象研究所的規模真不小。」

黃蟬淡淡地道：「還有別的機構。」

上了一輛密封的車，直駛進了一個建築物之中，黃蟬提議：「先去看看那兩個『人』？」

我和白素都沒有異議，在打開了一扇大型保險庫的門之後，見到了那一男一女兩個「人」，我和白素走近他們，一直到了伸手可及處，仍然無法相信這兩個不是真人。

儘管他們一動也不動，可是卻具有強烈的生命感，絕對影響人的判斷力：這不是一個物體，而是生命，不管是什麼形式的生命，總之是生命！

我和白素，屏氣靜息地注視了好一會，黃蟬道：「可以觸摸他們。」

我和白素一起伸出手來，輕撫着，有木質的感覺，但同樣也有肌膚的溫潤。

我陡然想起，望向黃蟬：「你應該已進行過組成細胞的顯微研究。」

黃蟬道：「是。」

她不等我再問，就道：「結果驚人之極，細胞組織既非植物，也非動物，從來也沒有見過，而且肯定是活的，有生命，詳細情形，可以給你看我們拍攝下來的上千幅顯微相片──相信世界上沒有一個生物學家見過同樣的細胞組織。」

黃蟬並沒有誇張，當那些通過電子顯微鏡三千倍放大──拍攝下來的照片，逐張在我們眼前展示之際，我們絕不懷疑它有生命，也被細胞兼有動植物的特性而目定口呆。

然後，我們被請到一間極舒適的會客室，另有兩個人在，一個已上了年紀，目光炯炯，顯得他機警之極，另一個則被介紹是生物學家。

一進來，黃蟬就對那老人道：「首長，衛先生完全能接受我們的假設。」

首長的聲音宏亮：「太好了，衛先生能令他們還陽？」

他這樣開門見山，我自然也不轉彎抹角：「閣下用了『還陽』這個詞，並不合適。」

首長笑了一下：「我的意思是，讓他們有生命！」

我吸了一口氣：「我才見過他們，我覺得他們根本有生命——像樹木一樣，靜止不動，就是他們的生命方式，我們無法，也毋需給他們生命。」

首長濃眉牽動：「那算是什麼生命？」

他略頓了一頓，終於提出了「最終目的」：「或許，那個勒曼醫院，會有辦法改變他們的生命形式，使他們能動能說話。」

白素又在我腰際輕碰了一下，我「啊」地一聲：「神秘的勒曼醫院，貴方和他們有聯絡？」

我真要做起戲來，演技也堪稱出色。首長輕笑了一聲：「沒有，正想拜託衛先生。」

他目光炯炯地盯着我，我攤了攤手，表示無能為力。首長沉下臉來，樣子難看：「難道沒有商量餘地？」

我確然相當認真地想了一會：「有，把這兩個人交給我，由我全權處理，或者有可能，交到他們手裏。」

我話還沒有說完，首長已勃然大怒，霍地站了起來，我則用不明白他為何發怒的神情望着他。

這老頭兒，竟然如此沒有風度，在盛怒之下，竟大踏步拂袖而去。

黃蟬低嘆了一聲，我笑了起來：「機關算盡太聰明！」

黃蟬木然，白素忽然問：「你們當然已檢查過，這兩個人有思想？」

黃蟬震動了一下，才道：「不能肯定有思想，但是有介乎植物和動物之間的生物電波。」

我也嘆了一聲：「看來你們是決不肯交出這兩個人的了，這當然是錯誤的決定，正像當年，決定了將大樹鋸下來一樣——若不是把樹鋸了下來，說不定大樹裂開，走出來的是兩個鮮蹦活跳的人。」

黃蟬口唇掀動，卻沒有發出聲音來。過了好一會，她居然也用了《紅樓夢》中的一句話：「我再也不能了！」

白素過去，在她的手背上，輕拍着，表示安慰，她們四目交投，看來有一定程度的心靈交匯。

我們自然沒有必要再留下來，黃蟬把我和白素送回來，自此之後，再也沒有見過她。

這個故事的結束，很有點古怪。

黃蟬説她「再也不能了」，可是我卻不想就此放棄。回來之後，我設法和勒曼醫院聯繫。由於我和勒曼醫院有過許多次接觸，所以要和他們聯絡，並不困難，有一次，還促成了一段組合古怪之極的姻緣——就是由於這段姻緣，才使我找回女兒的。

開始聯絡之後的第二天，電話響起，是一個聽來愉快的青年人的聲音：「衞先生，這一次，又有什麼有價值的資料提供？」

我道：「有，但是相當複雜，需要長時間敍述。」

那邊的回答是：「絕無問題！」

於是，我就用最簡單的方法把這件怪事敍述出來，才說了一小半，電話中忽然傳來另一個聲音，急促而略帶憤怒：「那兩個……樹中出來的人，現在在哪裏？」

我沒有立刻回答，因為對方這樣插言，很是無禮。

對方立時道歉：「對不起，衞先生，我追查這件事已很久——多年之前，我們把植物和人的最早生命形式結合，可以培育出另一類人來。可是發展過程中，成長了的大樹竟被人鋸走，自此下落不明，什麼人會有那樣野蠻的行動，把幾百年的大樹鋸斷？」

我默然數秒：「看來你在地球上的日子不夠久，每天都有幾百年的大樹被鋸下來——誰也料不到樹中會有人。」

那人（自然不是地球人）仍憤然：「請告訴我他們在哪裏！」

我把情形照實說了，那人道：「不要緊，可以很容易找到他們，應該還有法子補救。」

我好奇心大盛：「補救之後，情形如何？」

那人嘆了一聲：「不知道，他們處在死亡狀態太久了，要使他們還陽，不是易事。」

那人居然也使用了「還陽」一詞，使我大是驚訝——這也是我為什麼選了這個詞來做書名的原因。

我立刻要求：「有了結果，請讓我知道。」

那人回答乾脆：「理所當然！」

和勒曼醫院的聯絡到此為止。我不知道那人用什麼方法把那兩個「人像」自守衛嚴密的密室之中帶走。但那人既然不是地球人，定必有非凡的能力，不必替他擔心。而至今為止，還沒有聽到「結果」如何。

這是勒曼醫院在我的故事之中，出現的第三個懸案了。還記得「密碼」這個故事嗎？那個「大蛹」之中的生物，還未曾蛻化出來，所以也還不知道那會是什麼。我曾推測，那將是一個有翼的人。

暫時沒有結果的事，將來始終會有結果的，對不對？

對了，還有——宋自然怎麼了？

約大半個月之後，溫寶裕突然和他一起到我處來，他竟像是什麼事也沒有發生過一樣。

顯而易見，黃蟬的「妥善照顧」，包括了把他那一段記憶消除的手術在內——極危險的手術，但他們卻做得很成功。

（完）

勤+緣出版社書目

衞斯理科幻系列

1 電王（三版）
2 黃金故事（二版）
3 從陰間來（十三版）
4 到陰間去（十三版）
5 遊戲（三版）
6 陰差陽錯（十一版）
7 禍根（十八版）
8 生死鎖（四版）
9 陰魂不散（十一版）
10 許願（十一版）
11 還陽（八版）

倪匡科幻系列

1 消失女神（七版）
2 離魂奇遇（六版）
3 困獸（三版）
4 夜光（三版）
5 神話世界（六版）
6 妖偶（三版）
7 四條金龍（二版）
8 飛焰（四版）
9 魔像（四版）
10 鬼鐘（四版）
11 通神（四版）
12 蛇神（四版）
13 火鳳（四版）

奇幻系列

△1 轉世　余　過著（五版）
2 隔世冤　寬　齋著（三版）
△3 殘酷蜜月　余　過著（四版）
4 陰陽證　寬　齋著（三版）
△5 重返前生　余　過著（三版）
6 鬼惑　商魂布著（二版）
7 公主墳　史國艮著（二版）
8 追魂劫　商魂布著（二版）
9 血誘　寬　齋著（二版）
□10 血雨艷桃紅　張　宇著（二版）
□11 十世仇　張　宇著（四版）
12 老床　史國艮著（二版）
13 電話追命　商魂布著（二版）
14 鬼太郎　寬　齋著（二版）
15 鬼日記　余無語著（二版）
16 寡婦咒　靈　子著（一版）
17 屋邨猛鬼錄　李大幫著（二版）
18 鬼拳王　余無語著（二版）
19 鬼爺爺　商魂布著（一版）
20 卜命　寬　齋著（二版）
21 鬧房　史國艮著（一版）

張宇玄幻系列

1 血雨艷桃紅（四版）
2 十世仇（二版）
3 鬼媒（二版）
4 摸骨（二版）

余過四人夜話系列

1 轉世（五版）
2 殘酷蜜月（四版）
3 重返前生（三版）
4 偷魂（三版）
5 枕邊魔劫（三版）
6 殺頭遊戲（三版）

＊即將出版　△見余過四人夜話系列
□見張宇玄幻系列

實用系列

1 兩餸一湯(一) 李曾鵬展著 (五版)
2 居室風水 芳草軒著 (四版)
3 風水新講場 宋韶光著 (七版)
4 兩餸一湯(二) 李曾鵬展著 (三版)
5 家庭實用療方 李南著 (三版)
6 家事錦囊 李陳雅賢著 (三版)
7 職業婦女三餐樂 蔡麗容著 (三版)
8 斗換星移說命運 戴添祥著 (二版)
9 法律八寶飯 毛錫強著 (二版)
10 猴年運程 蔡興華著 (二版)
11 生意經 李寶光著 (一版)
12 名厨巧手菜 陳東著 (二版)
13 靈測玄機 阿樂著 (三版)
14 兩餸一湯(三) 李曾鵬展著 (三版)
15 九二年加國 霍子孟著 (二版)
移民指引
16 鐵板神數趣談 阿樂著 (三版)
17 吃雞百變法 蔡麗容著 (二版)
18 清潤湯水 李南著 (二版)
19 實用抗癌藥膳 常敏毅著 (二版)
20 法律小錦囊 毛錫强著 (二版)
21 滋補粥品 戴麗嫦著 (二版)
22 改變生命的密法 邱彰著 (二版)
23 家事萬靈通 李陳雅賢著 (二版)
24 豆腐百變法 蔡麗容著 (二版)
25 保健素食精選 丁元義著 王龍驤等編 (二版)
26 涼拌美食 戴麗嫦著 (二版)
27 吃蛋百變法 蔡麗容著 (二版)
28 親親孩子心 初子著 (三版)
29 風水百答 宋韶光著 (五版)
30 瓜類百變法 蔡麗容著 (一版)
31 調味料妙用法 戴麗嫦著 (一版)
32 做個大方女人 張瑪莉編 (二版)
33 教你睇風水 正翁著 余無語編訂 (二版)
34 一味三食 馮金陵著 (二版)
35 滋味海鮮餐 戴麗嫦著 (二版)
36 淡水魚百變法 蔡麗容著 (二版)
37 妙語連珠 宋韶光著 (一版)
38 鷄年運程 蔡興華著 (三版)
39 秋冬火鍋煲仔菜 馮金陵著 (二版)
40 親親孩子心(二) 初子著 (二版)
41 名人命理 盧恆立著 (二版)
42 甜品百變法 蔡麗容著 (二版)

梁媽媽快樂家庭系列

1 Fit到盡 (二版)
2 辣到跳 (一版)
3 兒童麵點 (二版)

＊即將出版

多情系列

1 三生石 孔　昭著 (二版)
2 今夜沒有約 嚴　沁、梁鳳儀等著 (三版)
3 絕對討厭的女孩 羅穎思著 (一版)
4 鬼城 賈平凹、梁鳳儀等著 (三版)
5 女兒經 程乃珊著 (二版)
6 雲水依依 夏小詩著 (一版)
7 道是無情 汪曾祺、羅芙榮等著、梁鳳儀 (一版)
8 燃燒彩虹 孔　昭著 (二版)
9 魔少年 吳敬子著 (一版)
10 月夜傳奇 孔　昭著 (二版)
11 再見茉莉 孔　昭著 (二版)

嚴沁浪漫小說系列

1 夏之迷惑 (二版)
2 無情谷 (四版)
3 也是重逢 (二版)
4 盈雪 (二版)
5 長街 (二版)
6 沉沉黑夜 (二版)
7 燈火闌珊處 (二版)
8 不死的夢 (四版)
9 餘情未了 (三版)

寫眞小說系列

1 還似無情 張寶兒著 (二版)
2 嫁後 張寶兒著 (三版)
3 撲蝶 張寶兒著 (一版)
4 回首已三生 張寶兒著 (二版)
5 塵緣 張寶兒著 (一版)
6 婚姻大事 張寶兒著 (二版)

奇案系列

1 撕票 林　蘊著 (一版)
2 千里追兇 捍衛者著 (一版)
3 城市戰爭 捍衛者著 (一版)

推理小說系列

1 重　殺 施　雨著 (一版)
2 噬　人 笹澤左保著　林敏生　譯 (一版)

＊即將出版

名家系列

1 冬雨 王蒙著 （一版）
2 男男女女 王安憶 張辛欣等著 （一版）
3 小人物自述 老舍著 舒乙編 （一版）
4 風過耳 劉心武著 （一版）
5 冰心九旬文選 冰心著 （二版）
6 表姐 王蒙著 （一版）
7 藍夜叉 劉心武著 （一版）
8 裸雪 從維熙著 （二版）
9 小販世家 陸文夫著 （一版）
10 活佛 高澍著 （一版）

智慧系列

1 墨趣 謝宏中著 （一版）
2 箴言精選（增訂版） 何文滙著 （一版）
3 王子復仇記 何文滙著 （一版）
4 論道德的起源 尼采著 周紅譯 （一版）
5 藍田日暖 蔡炎培著 （一版）
*6 藝壇藝談 徐子雄著

漫畫系列

1 六韜 王宣銘著 （一版）
2 智囊 王宣銘著 （一版）
3 三十六計 王宣銘著 （一版）

經濟日報叢書

1 高官厚錄 陳毓祥等訪問錄 （三版）
2 力爭上游 姜趙玉蓮著 （二版）
3 人生網絡 麥華章著 （一版）
4 自強不息 姜趙玉蓮著 （一版）

投資企管系列

1 香港股票投資勝着 譚廣流著 （五版）
2 炒蚊股致勝術 古鎮煌編 思敏著 （三版）
3 股票入門 鄧曾瑞紛著 （三版）
4 中國投資手册 初保泰著 （三版）
5 九十年代推銷術 燕冬著 古鎮煌編 （二版）
*6 賺錢與花錢 古鎮煌著
*7 中外合營投資效益分析 浦明書著
*8 東歐投資先鋒 張志誠著

＊即將出版

散文系列

1 不甘寂寞 邵國華著 （二版）
2 八方羣英 岑逸飛著 （二版）
3 廣告高興坊 潘敵迪著 （二版）
4 過眼雲烟 林 洵著 （二版）
5 兩談食性 王亭之 姚香雄著 （一版）
6 倪震的心 倪 震著 （一版）
7 你不是我 鄭世安 著 （一版）
最好的朋友 林竺霓
8 彷彿是昨天 黃 霑著 （三版）
9 妙不可言 朱維德著 （一版）
10 奇聞異錄 可 飛著 （一版）
11 兩重腳跡 王亭之著 （一版）
12 二水集 梁鳳儀 舒 非 林 洵著 （一版）
13 外交趣聞 徐行舟編著 （一版）

梁鳳儀散文系列

1 財來自有方 （七版）
2 誰可叮嚀 （三版）
3 再戰江湖 （三版）
4 不記當年 （三版）
5 心想事成 （三版）
6 勝者爲王 （三版）
7 一言驚醒夢中人 （三版）
8 行政秘笈 （四版）
9 這就是梁鳳儀 （三版）
10 在商言商 （三版）
11 海峽兩岸的梁鳳儀 （三版）
*12 有錢萬事足
*13 女兒有淚不輕彈
*14 大男人與小女人

梁鳳儀財經小說系列

1 醉紅塵 （十八版）
2 九重恩怨 （十五版）
3 花魁劫 （十四版）
4 信是有緣 （十三版）
5 鎖清秋 （十三版）
6 惆悵還依舊 （十版）
7 飛越滄桑 （十版）
8 異邦紅葉夢 （十版）
9 笑春風 （十版）
10 昨夜長風 （十版）
11 誓不言悔 （十版）
12 激情三百日 （十版）
13 花幟 （十三版）
14 强人淚 （十一版）
15 今晨無淚 （十一版）
16 誰憐落日 （八版）
17 抱擁朝陽 （八版）
*18 當時已惘然
*19 洒金箋
*20 有鳳來儀
*21 不再歸航
*22 世紀末的童話
*23 大風暴
*24 還我公平
*25 灔藍天
*26 西風逐晚霞
*27 天債
*28 裸情
*29 心濤
*30 夕陽無限

*即將出版

親愛的讀者們：

希望你們會喜歡勤十緣出版社的書籍。我們努力從事出版事業，若要有理想成績，必須獲得你們的支持、指導和勉勵！

尊重讀者的意見是我們工作的宗旨，因為沒有你們的關懷，我們不可能進步。懇請你們把以下的表格填寫，剪寄：香港鰂魚涌華蘭路14號益新工業大廈18樓B座，勤十緣出版社收。

我們也會定期跟讀者保持聯絡，向你們報導有關本港暢銷書的出版情況、勤十緣出版社的新書以及聯同屈臣氏書店或香港各大書店舉辦的讀者活動。敬祝

身心愉快！

梁鳳儀

一九九二年六月一日

....

敬請讀者填寫以下表格（請以英文正楷填寫）

巡寄：香港鰂魚涌華蘭路14號益新工業大廈18樓B座勤十緣出版社收

姓名：＿＿＿＿＿＿＿＿＿＿＿＿＿＿＿＿＿＿＿＿

性別：＿＿＿＿＿＿＿＿ 年齡：＿＿＿＿＿＿＿＿

地址：＿＿＿＿＿＿＿＿＿＿＿＿＿＿＿＿＿＿＿＿

＿＿＿＿＿＿＿＿＿＿＿＿＿＿＿＿＿＿＿＿

電話：（公司）＿＿＿＿＿＿＿＿＿＿＿＿＿＿

（住宅）＿＿＿＿＿＿＿＿＿＿＿＿＿＿

傳真號碼：＿＿＿＿＿＿＿＿＿＿＿＿＿＿＿＿＿

意見：＿＿＿＿＿＿＿＿＿＿＿＿＿＿＿＿＿＿＿＿

＿＿＿＿＿＿＿＿＿＿＿＿＿＿＿＿＿＿＿＿

勤十緣出版社